聖獣の花嫁

捧げられた乙女は優しき獅子に愛される

沙川りさ

角川文庫
24093

Contents

聖獣の花嫁

登場人物紹介

Character introduction

リディア

オーケリエルム家の次女。
背中に醜い痣があり、母と姉に虐げられる。
屋根裏部屋で植物を育てている。

イラスト：憂

⚜ノア

エルヴィンドに仕える少年。
屋敷の管理を任されている。

⚜エルヴィンド

神殿の傍の屋敷に住む貴人。
長きに亘《わた》り《聖獣の花嫁》を探している。

⚜ヒェリ・バーリ

『聖なる山』と呼ばれる
アーレンバリ共和国の中央
に位置する都市国家。
聖獣を祀る神殿が
中心となっている。

⚜アーレンバリ共和国

千五百年前、聖獣のお告げにより
少年王が興した国。
現在は軍部が統治する軍事国家
となっている。

——ある星の輝く夜。

世界の北に位置するとある地で、一頭の美しい獅子《しし》が、一人の少年の夢枕に舞い降りた。

その獅子は、ファフニールという名の聖獣であった。

聖獣とは、この世の森羅万象に宿る、強大な力を持った長寿の精霊のような存在である。

ファフニールとは、獣の姿と人の姿を併せ持つ美しい獣。この獅子は風がなくとも靡《なび》く長い鬣《たてがみ》を持ち、獰猛《どうもう》な獣の長というよりはむしろ、高貴に佇《たたず》む巨大な猫のようでもあった。

他方、その少年は類《たぐ》い稀《まれ》なる心清らかな者であった。

自らも貧しいのにも拘《かか》わらず、より貧しい人々や病の人々を助けるために駆け回る。

自らはパンくずを食べ、硬い岩肌に幾ばくかの藁《わら》を敷いて眠る日々である。

獅子は少年に、そんな貧しい人々を救えるような国を作るようお告げを与えた。

小さくとも、貧しい人々が安穏として平和に暮らせる、そんな国を作るようにと。

少年はお告げに従って初代国王に自ら即位し、アーレンバリという王国を興した。

国は栄え、人々は富み、幸せに暮らした。

初代国王はお告げを与えてくれた獅子に感謝した。その証《あかし》として、アーレンバリ王国の真ん中に位置する丘の上、緑豊かな森の中に、獅子を祀《まつ》るための神殿を建立した。人々も獅子に感謝し、神殿の周りに集った。やがてそこは街になった。

初代国王がいなくなった後も、のちの王たちの計らいにより、街は城壁によって守られ、城壁の中の文化や暮らしもまた守られた。

城壁の中の街はヒェリ・バーリ——『聖なる山』と呼ばれ、のちにアーレンバリ王国から都市国家として認められることとなった。

時が経ち、周囲の国々の発展とともにアーレンバリ王国の近代化が進み、王政が廃止され共和制を執るようになっても。アーレンバリ共和国が軍部によって統治される軍事国家となった今でも。

建国から千五百年もの月日が経った今でも。

ヒェリ・バーリの中では、神殿を中心とした古き良き街並みが守り続けられているのである。

獣の姿と人の姿を併せ持つ美しい獣、聖獣ファフニール。

ヒェリ・バーリの神殿が建てられたとき、その傍には、かの獅子のための屋敷もまた時を同じくして建てられた。

美しい獅子は今、美しい青年の姿で、その屋敷で暮らしているのである。

それはあるひとつの探し物を、人間の世界の中で見つけ出すためであった。

その探し物とは、花嫁だ。

長い時間を生きる聖獣である青年は、自らと共に生きてくれる花嫁を、千五百年もの長きに亘《わた》ってずっと探し続けているのであった。聖獣の花嫁に選ばれるためには厳しい『掟《おきて》』が存在するため、獅子自身にも容易には見つけ出すことが叶《かな》わないのだ。それは聖獣が『掟』に縛られ、『掟』に従って生きる存在であるためであった。

『掟』のことなど与《あずか》り知らぬ人間たち、殊にヒェリ・バーリの娘たちはいつの時代も、聖獣ファフニールの花嫁になることを夢見ていた。それはお伽噺《とぎばなし》に登場する王子様への憧《あこが》れ、崇拝に近いものであった。一歩引いた場所から完璧《かんぺき》な額縁の中の美しい景色を眺める――聖獣に向けられる視線はその類いのものであったのだ。

これは、そんな美しくも孤独な聖獣の物語。

そして、自分が選ばれたいなどとは一度だって夢見たこともなかった、聖獣の花嫁の物語である。

一ノ章 ✦ 屋根裏の来訪者

オーケリエルム家の大きな屋敷の屋根裏部屋で、リディアは窓の外を見やった。

窓は立て付けが悪く、どれだけ力を入れてもぴくりとも動かないので、生まれてこのかた十七年の間で一度も開けたことがない。そこに嵌《は》まったガラスは、この部屋にいる者に外の景色を見せようという気がそもそもないのか、朝靄《あさもや》のように曇っている。内側からいくら磨いても無駄だったので、そういうものなのだと諦《あきら》めて久しい。

だというのにリディアが窓の外を見たのは、太陽の位置を確認するためだ。

小さな窓からせめてもの陽光を浴びせたいものが、この部屋の中にあるからだった。

「今日もきれいなお花を咲かせてくれたわね、アイノ」

リディアはブリキのじょうろを手に、目の前の鉢植えたちの一つにそう微笑みかけた。

窓辺に組んだ細いカウンターのような台の上に、いくつもの鉢植えが置かれているのだ。花が咲いているものもあるし、葉だけのものもある。どの鉢も、満足に採光もできない室内に置かれているとは思えないほど瑞々《みずみず》しく、生き生きと育っている。

アイノと名付けた黄色い花に水をやると、小さな花がいくつも集まったその花房が嬉《うれ》しそうに揺れた。無論、花に意思などないのだから、リディアがそう感じただけだけれど。

その隣、中央の隆起が特徴である白い花の、深い緑の葉にも水をやる。

「今日は火傷《やけど》のお薬を作りたいの。だから後で葉を少し貸してね、ベッテ」

ベッテと名付けたその葉に掛けた言葉の通り、これは薬草だ。ベッテだけではない。アイノも、緑がかった王冠のような花を付ける樹木マイレや、ラッパ状の白い花であるヨエル、その他の鉢植えたちのすべてが薬の元となる植物である。

じょうろを持つあかぎれだらけの自分の指を見ながら、リディアは思案する。

「マイレの木皮で作ったお薬はまだ十分残っているから、あとはこの間採れたヨエルの種から、もしもの時のための麻酔のお薬を作って保存しておいて……。わかってるわ、また大きな怪我をしたりしないように気を付ける」

まるで本当に会話しているかのように、リディアは花たちに微笑んでみせた。

この屋根裏部屋で鉢植えを育てるのも、育った植物を用いて簡単な薬を作るのも、リディアにとっては実益を兼ねた一つの趣味のようなものだ。生き甲斐《がい》と言ってもいい。

この屋敷では、誰もリディアに薬をくれないのだから。

薬が必要になるような場面に陥れられることはたびたびあっても。

と、壁にいくつも掛けられたベルのうちの一つが鳴る。滑車や銅線を複雑に組み合わせて屋敷中に張り巡らされたその古式ゆかしいベルは、使用人を呼び出すためのものだ。

ベルの下部に貼られたプレートには、女主人の寝室と書かれている。

リディアはまだ水が入ったままのじょうろを慌てて床に置き、ごわつく麻のエプロンで手を拭《ぬぐ》いながら屋根裏部屋を飛び出した。

この屋敷の女主人からの呼び出しには、遅れることは決して許されないのだ。


「一分遅れたね」

リディアが部屋に到着するなり、オーケリエルム夫人イサベレは冷たい視線でそう吐き捨てた。

リディアは膝《ひざ》を折り、頭を下げる。

「申し訳ございません、奥様」

イサベレへの口答えはもちろん、少しでも反抗的な態度を取ることは許されない。たとえ実際には一秒も遅れていなかったのだとしても。

腹の前で合わせた両手の指先が震える。これはもう幼い頃からの条件反射のようなものだから、自分で抑えることは困難だ。

(ああ……靴が、また)

自分の爪先《つまさき》を見つめていると、靴が破れかけていることに気付いた。ついこの間繕ったばかりなのに、毎日屋敷中を走り回っているからすぐに破れてしまう。

イサベレはベッド脇の小さなテーブルに、長く伸ばして赤く塗った爪を立て、かつかつと音を鳴らした。テーブルには朝食の残骸《ざんがい》が載っている。ベッドから出ないまま、肥えた身体を半身だけ起こして遅い朝食を取るのが、この女主人の午前中の日課なのだ。

皿の上には、リディアが昨日の夜に焼いたレモンピールケーキが載っている。昨夜、台所をすべて片付け終えたリディアが自室に戻って休もうとしたときにイサベレがやってきて、朝に食べるケーキを一から作れと命じたのだ。だから夜中までかかって作ったものだが、しかし一口も手をつけられていないように見える。

家人の食べ残しは、そのままリディアの食事だ。たとえ残飯であっても、いい食材を使用してリディア自身が作ったものだから何も問題はない。子どもの頃からそうだったから、残飯があるだけありがたかった。食べ残しがない日には、調理の際に出た野菜くずを囓《かじ》るしかなかったから。

今日はあのケーキが自分の昼食になるのかと内心喜んだのも束の間、イサベレは煙管《キセル》を手に取った。まさかと見つめるリディアの目の前で、イサベレは煙管をケーキの上でひっくり返した。当然、中に入っていた灰がケーキの上に降り注ぐ。

「オレンジの皮を使えと言ったはずだよ」

「……はい」

喉《のど》を震わせるようにしてリディアは返答する。

そんなはずはないのだ。確かにレモンと言われた。食料庫に保管しているレモンの在庫の数まで訊《き》かれて、その場で確認したのだから。

イサベレの脂肪で肉厚な唇が、意地悪く弧を描いた。

「姿も醜けりゃ、耳も悪いのかい、お前は。今すぐオレンジのケーキを作り直しな。あぁ、もちろん朝の日課の掃除も手を抜くんじゃないよ。そうだ、今日は屋敷中の絵画の額縁を磨いてもらおうか。彫りの部分も爪の先でも何でも使って、お前の顔が映るくらい綺麗《きれい》に磨くんだよ。埃《ほこり》ひとつでも残ってないか後で確認するからね。当然、昼食の支度が遅れたらお仕置きだからね」

また両手の指先が震えてしまう。

子どもの頃から、食事の支度が遅れたときの罰といえば、蠟燭《ろうそく》の溶けた熱い蠟《ろう》を手の甲に落とされることだった。幸いベッテの葉で作った薬が火傷によく効いてくれるので、そのたびに痕《あと》を残さずに治ってはいるのだが、痛みと恐怖は手の甲に刻まれている。

イサベレは苛立《いらだ》ったように、またテーブルの上でかつかつと爪を鳴らす。

「鈍臭いね。わかったら返事をおし、醜いリディア。お前は本当に、生きている価値のない娘だよ」

はい、奥様。

承知いたしました、奥様。

そう呼んで、召使いとしてこの女主人に仕えて、もう何年になるだろう。

(……はい、お母様)

そう呼ぶことを許されなくなったのは、どれほど幼い時だっただろう。

リディアは女主人に——実の母親であるイサベレに、再度深く頭を下げた。

「はい、奥様」

リディアが屋敷の二階に位置するイサベレの部屋を出て、一階の端にある台所へと続く階段を駆け下りようと足を踏み出した瞬間、横合いから何か長いものが伸びてきて、リディアは為《な》す術《すべ》もなく前につんのめった。

もつれた足は階段を踏み外し、身体はそのままの勢いで前に転がってしまう。何段か転がり落ち、何とか腕を伸ばして柵《さく》を摑む。長年の栄養失調のせいで年齢の割に体重が軽いため、落下の勢いを殺すことができたのは不幸中の幸いだが、強《した》かに打ち付けた背中が涙が滲《にじ》むほど痛んだ。

見上げると、リディアよりも二つ歳上の、華やかに着飾った娘ヨセフィンがこちらを見下ろしている。ご丁寧に、リディアを引っかけた自分の足を差し出したままの体勢でだ。長い睫毛《まつげ》ときらきら輝くアイシャドウに縁取られた大きな瞳《ひとみ》を、こちらを責めるように見開いている。熟れた果物のような口紅の塗られた唇はつんと窄《つぼ》められており、不快さを隠そうともしない表情だ。

「何よ。最後まで落ちなさいよね、つまんないの」

そう言いながらヨセフィンは階段を軽やかに下りてきて、先週恋人に買ってもらったばかりだという新しいハイヒールの爪先でリディアを小突いた。リディアは逡巡《しゅんじゅん》し、彼女を見上げる。

地面を歩く蟻の行列を一匹一匹、指先で丁寧に潰《つぶ》していくような無邪気な残酷さを湛《たた》えた笑みで、ヨセフィンは「ほら」とリディアをまた促した。

リディアは抵抗を諦めた。元より、この屋敷の主人である母娘《おやこ》に逆らうことなど自分には許されない。

自分は醜い、生きている価値のない娘なのだから。

リディアは目をきつく瞑《つぶ》って歯を食いしばり、そのまま自ら階段を下に向かって転がった。思ったよりも勢いがついてしまい、床に激突する瞬間、手首を挫《くじ》いてしまった。

「あははは！　ほんとに自分から落ちてやんの！　ばっかじゃないの、あははは！」

しかし哄笑《こうしょう》する彼女のほうを再び見るほどの気力はもうリディアにはなかった。床に蹲《うずくま》ったまま、痛みに耐えながら何とかぼんやりと目を開くと、目の前を小さなねずみが走り抜けていった。

幼い頃、この屋敷にはまだ何人かの通いの使用人がいた。毎日決まった時間に来て食事を作る人たちと、掃除や植栽の世話をする人たちだ。それらの人々が来ている間は、リディアは屋根裏部屋から出ることを禁じられていた。

けれどもリディアが八歳になったある日、イサベレはそれらの通いの使用人を軒並み解雇してしまった。彼女は類《たぐ》い稀《まれ》な守銭奴で、実は以前から使用人の給金を不当に減らしたり、支払いをしなかったりということを繰り返していた。そして彼女はついに、八歳の娘を無償で働く使用人にできると気付いたのだ。それまでにも使用人たちがいない時間は、リディアは彼女に小間使いとして働かされていたが、それ以来いよいよもって家中の仕事を一手に引き受けなければならなくなったのである。

　いくら何でも、三階建てに屋根裏部屋、地下室まであるこの広い屋敷の管理を八歳の少女が完璧《かんぺき》にこなすことなど不可能だった。それから年月が経過する間に、小柄で華奢《きゃしゃ》なリディアの手の届かない場所にねずみが棲《す》みつき、蜘蛛《くも》が巣を張り、分厚い埃《ほこり》が堆積《たいせき》していった。それでもできる限り目の行き届く範囲は清潔に保とうと努力してはみたが、どうしても吹き抜け部分の大きな窓に掛けられている分厚く重たいカーテンなどは取り外すことができないし、どうしようもなく汚れの積もったシャンデリアは洗うことも交換することもできない。そういった部分から汚れと埃、黴《かび》が溜《た》まっていく。屋敷の中を雑用のために急いで移動するたびにそれらの細かい粒子が舞うから、リディアは常に埃や黴を吸い込んでしまっており、夜眠れないほどの咳《せき》に苦しむことも多かった。

　屋根裏部屋――リディアが唯一息を吐ける自室であるあの場所で、屋敷の主《あるじ》たちの目を盗んで鉢植えを育て始めたのは、植物に心を慰めてもらいたかったからだけではない。幼い少女はただ切実に、生きるために、様々な種類の薬を必要としていたのだ。

　床に転がったまま起き上がることもできず、リディアはねずみが去ったほうをただ目で追う。

　そんなこちらの様子に、ヨセフィンは急に飽きたようだった。ふんと鼻を鳴らし、生地を豊かに使用した上質なスカートの長い裾《すそ》をふわりと翻して、階段を軽やかに駆け上がっていく。

恐らくはイサベレに朝の挨拶《あいさつ》をしに行くのだろう。彼女の母親に。

リディアは床に寝そべったまま、彼女――実の姉であるヨセフィンの、舞うように軽やかな後ろ姿をただ見るでもなく眺めていた。

(ヨセフィンお嬢様は、美しいのだもの)

実は、リディアには人の顔の美醜はよくわからない。美醜を見比べられるほど、人間に接してこなかったから。

けれどもイサベレがあんなにも、ヨセフィンは美しい、それに比べてお前は、とリディアを罵《のの》るのだから、ヨセフィンはきっと美しいのだろう。

だから生きる価値がある。だから母親に愛され、大事にされる。

対して自分は。

(わたしは……醜いから)

生まれてから一度も自分の姿をちゃんと見たことなどないけれど、あれほど毎日毎晩、実の母親からも姉からも醜いと蔑《さげす》まれているのだから、自分は本当に、見るに堪えないほど醜いのだろう。

だから誰にも愛されない。大事にされない。

だから――生きる価値が、ない。

＊＊＊

オーケリエルム家は、主であるイサベレ・オーケリエルムが、父親の代から続く小売業を独自の方法で——有り体に言えばあくどいコネを使って販路を独占したり、高額転売したりといった犯罪すれすれの詐欺紛いの方法で——発展させてほぼ一代で財を成した、このヒェリ・バーリ有数の豪商である。

イサベレの父親は気弱で心優しく、貧しい者にはただで商品を分け与えてしまうような、およそ商売人には向かない気質だった。そのため一人娘のイサベレが子どもの頃は、家はとても貧しく、彼女はいつもひもじい思いをして育った。父親が苦労の末に亡くなり——その頃には母親はとうに愛想を尽かして逃げていた——、イサベレが家業を継ぐ頃には、貧しさへの憎しみと復讐心《ふくしゅう》を糧に生きるような娘になっていた。

その頃は見目麗しかったイサベレは、アーレンバリ軍部のエリート軍人に見初められ、結婚した。

しかしエリートというのは上辺だけで、実際は自分の外見の良さを武器にして賭博《とばく》や女遊びを繰り返し、しょっちゅう営倉送りになっているような男だった。イサベレは彼の顔と地位以外は正直どうでもよかったのだが、新婚にして三十人を超える他所《よそ》の女と浮気をされ、しかもその女たちが軒並みイサベレよりも器量が悪かったことが判明したとき、プライドをずたずたにされてしまった。「このあたしという至高の女を差し置いて」という憤りはみるみるうちに憎しみに変わり、イサベレは夫に離婚を突きつけた。リディアがまだ腹にいる頃だった。

しかしイサベレがヒェリ・バーリの実家に戻ってくるまでの間に、商売を任せていた責任者が多額の財産を持ち逃げしていた。幸い盗まれた分は商売ですぐにまた取り返せたが、問題はその後だった。

イサベレのもとに、元夫がよその女とその夫だか何だかとの痴情の縺《もつ》れの末に刺されて死んだという報《しら》せが届いたのだ。

奇《く》しくもそれは、腹を痛めてリディアを産み落とした直後のことだった。

自分がこんなにも痛くて大変な思いをして、美しさまでをも犠牲にして子どもを出産したというのに、元夫はまたしても器量の悪い女のためにすったもんだして、命まで落としていたというのか。

この自分を差し置いて。

イサベレは、自分が産み落とした赤子を、憎しみの塊としか認識できなかった。

長女のヨセフィンは、イサベレに似てとても美しい。が、イサベレからすれば少し惜しいと常々感じていた。もう少し父親に似て鼻がつんと上を向いていて、顔があともう少し丸みを帯びていれば完璧なのに、と。

——赤子は、かつてイサベレがヨセフィンに対して足りないと思っていた父親の要素を、くっきりと備えていたのである。

ただでさえそれだけでもイサベレが赤子を憎むべき理由は十分だったのに、まだ追い打ちが待ち構えていた。

赤子の背中には、何か植物の種子のような形の、気味の悪い大きな痣《あざ》が浮いていたのだ。

成長とともに消える気配もなく、それどころか年々濃く、大きく、更に醜くなっていく。芋虫が這《は》うような、あるいは不意に見つけた虫の卵の塊に怖気《おぞけ》立つような類いの、生理的な醜さだ。

嫌悪感は憎しみと合わさって、もうイサベレ自身にもどうしようもないほど、炎のように燃え上がってしまった。

そしてそれは、成長とともに外見だけではなく気性までもがイサベレに似たヨセフィンにも飛び火した。

(あの娘に、少しでも幸せな瞬間があってたまるものか。あたしたちの手で不幸のどん底に叩《たた》き落としてやるんだ)

それがこの母娘の、今に至るまでの——リディアへ向けた共通の意志である。

リディアは、鏡で己の姿を見たことがない。

家の恥だと言われ、幼い頃からずっと屋敷の中に隠され続けていたために、屋敷を囲む塀の外に一歩も出たこともない。

街の人々は、きっと隣の家の人であっても、まさかオーケリエルム家に娘がヨセフィンの他にもう一人いるだなんて思いもよらないだろう。子どもの頃、やむを得ず顔を合わせることのあった他人――例えば注文した食料品を届けにくる商人や、郵便配達員などには、リディアは慈悲深い女主人の哀れみによって雇ってもらっている哀れな孤児だと思われていた。当のイサベレが彼らにそう説明していたからだ。そして彼らと会話をする必要があるときには、必ず顔が隠れるほどの大きな布を頭から被《かぶ》るように命じられていた。

それは十七歳の今になっても、変わっていない。

リディアは手を伸ばし、己の背中に触れた。ここに、屋敷の主である母娘が最も顔を顰《しか》める、醜《あか》さの証である何かがあるらしい。リディアからは勿論《もちろん》、見えない。だから自分の背中がどうなっているのかは知らない。

子どもの頃に一度、もしかしたら焼け爛《ただ》れていたりするのかと思い、屋根裏部屋の窓ガラスに映して見てみようとしたことがあるのだが、角度の問題なのか窓ガラスの汚れのせいなのか、よくわからなかった。試してみたのはその一度きりだ。

挫《くじ》いた手首の痛みに耐えながら、イサベレに命じられた数々の雑用、昼食やお茶の支度を終え、屋根裏部屋に戻ってきたのは夕方になってからだった。ようやく一息つけたと思っても、またすぐに夕食の支度のために階下へ下りなければならない。

窓辺の鉢植えの傍に椅子を引っぱってきて、腰を下ろす。

件《くだん》のレモンピールのケーキは、灰だらけになった表面を削ってみたら中は無事だったので、布巾《ふきん》に包んで持ってきてある。だがそれを食べる気力はなかった。疲弊すると食欲がなくなってしまうのはいつものことだ。

思い切り息を吸い込み、花と緑の芳香を嗅《か》ぐ。

風のない部屋の中で、植物たちがリディアを心配するかのように鉢の中で少し揺れたかに見えた。無論、錯覚だけれど。

「大丈夫よ、アイノ。わたしは大丈夫」

それは花に対してというよりは、自分自身に対しての慰めの言葉だった。

リディアは腕を伸ばし、小さな書き物机の上に置いていた本を手に取った。とても古い本だが、リディアの手に渡るまでは長い間誰にも一度も開かれなかったのだろう、時を超えたように状態はさほど悪くない。

それは薬草に関する図録だった。

実はこういう本が、この屋根裏部屋には何冊もある。どれもリディアが子どもの頃、まだこの屋敷の使用人になる前に、この部屋に閉じ込められていたときの退屈しのぎに隅々まで掃除していた際に見つけたものだ。恐らくはこの屋敷の前の持ち主が、屋根裏部屋の戸棚に本をしまっていたことを忘れたまま越していったのだろう。最初は絵を眺めているだけだったが、リディアが使用人として働き始めた頃、出入りの商人が気まぐれに読み聞かせをしてくれた。そのお陰でリディアは文字を覚えることができたし、生きるのに必要な様々な知識をこれらの書物から得ることができたのだった。

また深呼吸する。今度は植物の芳香に混じって、古い紙とインクのいい匂いがする。

ここにある書物の中には、植物学全般を体系的に網羅したものもあれば、薬学のほうに寄った内容が解説されたものもある。リディアは幼い頃から後者のほうが、読んでいてより面白いと感じていた。どの植物のどの部位にどんな効能があり、どう加工するとどんな効果があるのか。それらがまるで魔法のように感じられたからだ。

あたかも『聖獣』が使うと言われている、お伽噺《とぎばなし》に登場する不思議な力であるような。

それ以来リディアは、庭からこっそり拝借したり、出入りの商人から分けてもらったりした植物の種を鉢に植えては、屋根裏部屋で育てているのだった。

初めは日々の労働や空腹、怪我の辛《つら》さを紛らわせるために始めたことだったけれど、今では植物たちの存在そのものがリディアの心の慰めになっている。

戸棚にはアーレンバリ共和国の歴史に関する本も数多くある。リディアが暮らすここ、都市国家ヒェリ・バーリの成り立ちに関する本もだ。

千五百年前、一頭の聖獣が少年聖者にアーレンバリを建国させたという伝説。ヒェリ・バーリはその聖獣を祀《まつ》るためにつくられた街で、丘の上の神殿の傍にある屋敷では、今でもまだその聖獣が生きて、人間のように暮らしているらしい。

外の世界を知らないリディアにとっては途方もない話だ。あまりにも自分の人生とは交わらない、ただのお伽噺。

屋敷の塀の外では、ヒェリ・バーリの人々は日々その聖獣ファフニールに感謝しながら平和に暮らしているらしい。週末には神殿に礼拝に行って、蠟燭《ろうそく》を供える。月に一度行なわれる大礼拝の日には、広場に屋台が出ておいしい食べ物が売られたり、のみの市が行なわれ、ヒェリ・バーリ中の人々が集まって楽しく過ごす。そして年に一度行なわれる、少年聖者が聖獣ファフニールから夢でお告げを受けたとされる日のお祭りには、アーレンバリや外国からも観光客がやってくるという。

だが聖獣ファフニールのために集まってくる人々のうち、未婚の若い娘たちやその親たちに限っては、ただ単に礼拝をしたり、お祭りを楽しんだりするのが目的ではないそうだ。

聖獣ファフニールはどうやら、千五百年もの間、自分のただ一人の花嫁を探し続けているらしいのだ。

聖獣ファフニールはそれはそれは見目麗しく、およそ人間ではありえない美しさ――らしい。

しかも神殿の頂点に立つ、他国で言えば王侯貴族のようなものだ。

美しい容姿の上に金と権力まで持っている男性とあっては、自分の、あるいは自分の娘の結婚相手にと望む人々が殺到するのも当然だった。神殿や屋敷には毎日多くの献上品が届くそうだし、驚いたことにアーレンバリからヒェリ・バーリへわざわざ移住してくる者もいるらしい。聖獣ファフニールが街中を散策していることもあるから、結婚はできなくてもせめて一生の記念に一目会えるように、と。最近では目的が結婚ではなく遭遇のほうであるという例も少なくないそうである。

人の顔かたちの美醜がわからないリディアには、もし聖獣ファフニールに街中で偶然出くわしてもわからないかもしれないな、と思う。それはあまりに不敬だから、外に出ることができなくてよかったかも、とも。

(何にしても、わたしには遠い世界の話ね)

リディアは曇った窓の外を見やる。世界は今日も霞《かす》み、遙《はる》か彼方《かなた》にある。

このまま、この身体に残された生きる力のようなものが尽きてしまうその日まで、自分の世界はこの屋敷の敷地内だけだ。

――せめて、と思う。

(誰かの役に……奥様やお嬢様だけじゃなく、誰かの役に立つことができたら)

そうしたら、自分がここに生きていていいという許しのようなものを、自分の人生にも得られるのかもしれないのだけれど。

翌朝、リディアが裏庭の掃除をしていると、外の通りをよろよろと歩いている人影が塀の隙間から見えた。

リディアは普段ならば塀の隙間など気にしたことはない。何せ出入りの商人や郵便配達員を迎えるのが、他ならないこの裏庭にある小さな裏門だからだ。リディアと外界とを唯一繋《つな》ぐこの場所は、日中であれば屋敷の主《あるじ》たちによって厳重に監視されているのである。

だが今は夜明け前、まだ薄暗い早朝だ。屋敷の主たちは夜遅い時間に眠りに就き、昼前まで起きてこないのが常だから、この時間であれば誰にも見咎《みとが》められない。その時間にたまたま塀の傍を、それも外の通りが見える程度の僅《わず》かな隙間のある辺りを掃除していて、たまたまそこを歩く人影が見えたことが、リディアには何だか妙に気に掛かった。

塀に身体を預けるようにして、そっと隙間を覗《のぞ》いてみる。

そこには一人の老婆が、足を引きずるようにして歩いていた。膝《ひざ》かどこかの痛みに耐えながらなのか、かなり歩くのが難儀そうだ。足取りがいかにも危なっかしい。

リディアはいても立ってもいられなくなって、思わず裏門の扉を開いた。いくら早朝といっても、たまたま起きてきた主たちに見つかるかもしれない、そうすれば自分は酷《ひど》い罰を受ける。そのことに思い至ったのは、門を開いて老婆と目が合ってからだった。

老婆はこちらを見て、少し驚いたような顔をした。屋敷を見上げ、そしてリディアに視線を戻す。ここがヒェリ・バーリの豪商の屋敷であることをきっと知っているのだろう。

リディアは慌てて人差し指を唇にあて、声を潜める。

「あの、お節介だったらごめんなさい。その……足の具合、大丈夫ですか？」

え、と老婆は訝《いぶか》しげに眉《まゆ》を寄せる。その反応にリディアはどきりとした。今さらながらに、布で顔を隠し忘れているということを思い出したのだ。

オーケリエルムの屋敷の醜くみすぼらしい使用人に話しかけられた、と嫌な気分にさせてしまっただろうか。

門扉を開けているのが見つかってしまうかもしれないという焦りも相まって、リディアは覚束《おぼつか》ない手つきで、エプロンのポケットから自作の痛み止めの包みを取り出した。折檻《せっかん》による激しい痛みを感じたときにいつでもすぐに自室に戻れるわけではないので、アイノの根から作った痛み止めの薬など応急処置に使えるものはいつも持ち歩いているのだ。哀しい習慣ではあるが、今朝ばかりは助かった。

「これ、わたしが作った痛み止めのお薬です。痛むときにお白湯《さゆ》と一緒に一粒飲んでください。もし寝る前にも痛むようなら、お薬を半分に割って飲んでください」

そう口早に告げてリディアは、老婆の手の中に薬の包みを押しつけると、急いで門扉を閉めた。戸に背中をぴったりと預け、裏庭の向こうに聳《そび》える屋敷の窓という窓に視線を走らせる。幸い、こちらに向かって光っている目はない。それを確かめてからようやく深く息を吐いた。

リディアが再び塀の隙間から通りのほうを覗き見ると、老婆は既にいなくなっていた。主たちの目を盗んで塀の外の人に話しかけるなんて大それたことをしてしまった。知られてしまったらどうしよう、という恐怖で、その夜は眠れなかった。

明けて早朝、リディアは寝不足の身体を引きずり、裏庭で植栽の水やりをしながら、昨日の朝のことを考えていた。

（おばあさん、大丈夫だったかしら）

薬はきちんと効いただろうか。いや、醜い使用人から渡された薬なのだ、不審がって飲んでもらえなかったかもしれない。お年寄りが痛みに苦しむ姿を想像すると胸が痛む。

と、門扉が控えめにノックされる音がした。あまりに控えめだったので、最初は気付かなかったほどだ。

もしかして、と心が高揚する。だが直後、リディアは門扉を開くのを一瞬躊躇《ためら》った。

昨夜あまりに主たちを恐れるあまり、嫌な想像をたくさんしてしまったのだ。例えば次に門扉を開けたら、そこにイサベレが立っていて、熱い火かき棒を押し当てられるとか。背後から忍び寄ってきていたヨセフィンに、頭から汚物だらけの水をかけられるとか。

リディアはかぶりを振って嫌な想像を振り払う。そして意を決して門扉を開く。

果たしてそこには、昨日の老婆が立っていた。

老婆はリディアの顔を見た途端ほっとしたような表情になって、微笑みかけてくる。

「よかった、会えて。お手伝いさんってのは日中忙しいだろうから、この時間なら会えるかと思ったんだよ」

ボロ布のような衣服を纏《まと》ったみすぼらしいリディアのことを老婆は、お手伝いさん、と優しい言葉で称した。ほとんど奴隷に近い下級の使用人だということは見ればわかるはずなのに。

老婆はリディアに向かって深々と頭を下げた。

「昨日あんたがくれた薬、足の関節痛によく効いたよ。痛みを忘れてぐっすり眠れたのなんていつ以来だろうね。本当にありがとうね。これで日課の朝の散歩も辛《つら》くなるよ」

リディアはほっと胸を撫《な》で下ろした。それは昨夜の不安が一瞬で吹き飛んでしまうほどの温かい安堵《あんど》だった。

「よかった。お体に合ったかどうか、心配していたんです」

「あんたは恩人だよ。よかったら名前を教えてくれないかね、優しいお嬢さん」

問われて、リディアは逡巡《しゅんじゅん》した。顔を見られた上に名前まで教えたことが主たちに知れたら。

リディアが躊躇っている何らかの理由を想像したのだろう、老婆がリディアの手を取る。

「あたしはビルギット。あんたにささやかなお礼をしたいだけの、ただのおばあさんだよ」

その穏やかでこちらを安心させてくれる声と、手のひらの温かさに、リディアの胸が締め付けられる。こんな温かい人が善良でないはずなどないのに、その人に名乗ることすらできないなんて、そんなの哀しすぎるではないか。

「……わたし、リディアです。ビルギットさん」

「リディア。いい名前だね。安心おしよ、誰かに言いふらしたりなんてしないから。恩人を困らせるようなことをしたくはないからね」

「あの、お礼なんていりません。今日ビルギットさんのお顔を見られただけで、わたし、嬉《うれ》しいですから」

そうだ、とリディアはビルギットの手を握り返す。

「よかったらまたお薬を取りに来てください。本当はわたしが届けられたらいいんですけど、お屋敷から出ることを許されていないので……。早朝ならこの門の扉を開けられますから」

ビルギットは申し訳なさそうに眉を寄せる。

「ありがたいけど、そうはいかないよ。お代を払えないんだ。道楽息子がお金をあればあるだけ使ってしまうから。若い頃の蓄えももうほとんど残っていなくてね……」

だからビルギットは痛みを堪《こら》えながら、足を引きずって歩いていたのか。

そんなことを聞いてしまってはますます放っておけない。

「いいんです。お薬の材料にも、作るのにもお金はまったく掛かっていないんです。それにこれ、自分用に作ったお薬ですけど、あまり長く保存はできないから、どなたかが使ってくれるととても助かります」

「お願いです。お薬の効き目が切れてビルギットさんがまた辛い思いをしてるのかと思うと、わたし、きっと仕事に身が入らず、ご主人様から罰を受けてしまいます」

方便とはいえつるりとそんなことを口走ってしまってから、イサベレやヨセフィンに聞かれていたらとひやりとする。

しかし説得の甲斐《かい》あって、ビルギットはようやく頷《うなず》いてくれた。

「わかったよ。厚意に甘えるのは申し訳ないけど、あんたが罰を受けるのは、あたしも耐えられないからね」

リディアも笑顔で頷き、あ、と言い添える。

「わたしからお薬を受け取ったってことは……」

「大丈夫。誰にも言わないよ。元より話し相手はあんたぐらいだ」

その日以来、リディアはほとんど毎朝、ビルギットに薬を渡すようになった。ビルギットに言った通り、幸い薬は一度にたくさんの量を作ることができるから、もらってくれる人がいるとありがたいというのも本当だった。それ以上に、毎朝少しでも顔を見て言葉を交わせる相手がいること、そして何よりもその人の手助けができているという事実は、曇ったガラスのようだったリディアの人生に俄《にわか》に一筋の煌《きら》めきをもたらした。

何よりも、本当なら目を背けたいほどに醜いのであろうリディアを前にしても顔を顰《しか》めたりせず、温かい笑顔で向き合ってくれるビルギットの存在は、リディアにとっては屋根裏部屋の鉢植えたちと同様に、今を生きる理由になったのだ。

一方ビルギットは、朝の日課に一輪の可憐《かれん》な花のような彩りが加わったことで、散歩の足取りが以前よりも軽くなり、うきうきと弾むような気分になっているのを自分でも感じていた。

リディアが作ったという痛み止めの薬はどんな市販薬よりも効いたし、老体には辛い副作用なども一切ない。

何より、ビルギットの息子は中年だが独身で、もはや孫の顔を見ることは諦《あきら》めていたのだ。そんな彼女にとって、小柄で健気《けなげ》なリディアは今や孫のようにも思えていた。

オーケリエルム家といえば、女主人が一代で成り上がったという豪商だ。別れた夫が大層美男子で、その一人娘も街で噂になるほどの美女だと息子が話していたことがある。とはいえ噂話程度のことで、直接接点を持ったことはなかった。オーケリエルムの商店は、なけなしの蓄えを切り崩して暮らす身には縁のない場所だ。

(早くあの子にお礼を渡したいねぇ)

リディアに渡すためのお礼の品は、ささやかなものではあるけれども、心をこめて準備している。ただ如何《いかん》せん、寄る年波には勝てない。目も以前よりも見えづらくなってきているし、指先も以前のように意のままに細かく動かすというのが難しくなってきている。けれどもそんな自らの衰えでさえも、リディアへの贈り物を作るためだと思えば叱咤《しった》できるのだ。

今日は曇り空だ。街にはうっすらと霧も掛かっている。

夜明け前の通りが今朝は一層仄暗《ほのぐら》く感じて、ビルギットはオーケリエルムの屋敷までの道のりを急ぐ。この時間のこの道には、いつも人通りがまったくないのだが、今朝に限ってはそれが何だか変に心細く感じられる。

と、細い路地の奥に、誰かが立っているのが見えた。

ビルギットは驚いて、思わず足を止める。

この辺りは住宅街だが、その人影が立っている路地の奥は空き地なのだ。

霧に紛れて姿ははっきりとは見えない。が、黒髪に黒い服を着た若い男のように見える。それがこちらに背中を向けて佇《たたず》んでいる。

何だか視線を外すことができず、ビルギットは怪訝《けげん》な眼差《まなざ》しでその青年を見つめる。

一体ここで何をしているのだろう。街で酒を飲んだ若者が迷い込むには、ここはあまりにもただの閑静な住宅街の奥だ。それに青年は、何もしていないように見えるのだ。ただそこに佇んでいるだけ。

青年の周囲の霧がふわりと動いた。

その中で黒衣の青年もまた動く。黒い靄《もや》の塊が蠢《うごめ》いたように、ビルギットの目には映った。

青年が振り向き、こちらを見る。

顔ははっきりとは見えない。が、その視線は確かにビルギットを捉《とら》えている。

ビルギットは喉《のど》が渇いて張り付いたようになっているのを感じた。唾《つば》を飲み込み、口を開く。

「お——おはよう。散歩かい？」

何とか当たり障りのない言葉を絞り出す。

すると青年は、笑った。

それはおよそ友好的な笑顔などではなかった。顔がよく見えないのにも拘《かか》わらず、その笑みがどんなに邪悪なものなのかが、ビルギットにはよくわかったのだ。

そして次の瞬間、青年の姿が霧とともに掻《か》き消えた。

霧は文字通り一瞬で霧散し、そこにはいつも通りの、夜明け前の仄《ほの》明かりに包まれた、人っ子ひとりいない路地だけが残る。

ビルギットはぞっとして思わず後ずさり、腰を抜かしてその場に座り込んでしまった。

「……ゆ、幽霊だ……誰かが化けて出たんだ」

難儀して立ち上がり、よろめきながら自宅への道を引き返した。このままリディアのもとへ向かうのは、何だか良くないものを引き連れて行くような気がして酷《ひど》く嫌だったのだ。

きっと見間違いだ。寝起きで頭がまだぼんやりしていて、濃霧を人だと見間違えたのだ。

家までの道中、ビルギットはそう自分に言い聞かせ続けた。

(そうだよ。自分じゃ認めたくないが、あたしの目は自分が思ってるより老いていたってことさ)

——頭の中に浮かぶあの黒い靄を何度掻き消そうとしても、こちらを見つめる金色の双眸《そうぼう》も、そしてあの邪悪な笑みも、一向に消えてくれはしないけれども。

ビルギットが恐怖に追い立てられるようにしながらも何とか自宅に戻ると、居間では一人息子のテオドルが飲んだくれていた。夜中まで酒場に入り浸り、遅い時間に帰ってきたと思ったら家でもこの調子なのだ。明け方まで飲み続けて、やがて気絶したように眠る。そして昼過ぎか、遅いときには夕方近くに起きて、また街の酒場に出かけていく。

小さなテーブルの上に所狭しと並ぶ酒瓶の空き具合に、ビルギットは眉《まゆ》を顰《ひそ》めた。

中年に差し掛かってもろくに働きもせず、高齢の母親のなけなしの蓄えを食い潰《つぶ》しながら毎日浴びるように酒を飲んでは、賭博《とばく》に有り金をつぎ込み、時には母親に暴力すら振るう——そんなろくでもない道楽息子であっても、ビルギットにとってはたった一人の肉親であり、腹を痛めて産んだ子どもなのだ。

「ちょっと飲み過ぎじゃないかね。こう毎日じゃ身体によくないよ」

「あぁ？　うるせぇな、ババア」

呂律《ろれつ》の回らない息子の唸《うな》り声に、ビルギットは少し怯《ひる》みつつも続ける。

「お前だってもう若くはないんだから、そろそろ身体を労《いたわ》らないと――」

「黙れって言ってんだろ！　また殴られてぇのか⁉」

テオドルは怒鳴り、空の酒瓶を持って殴りかかってくるふりをする。

それに反射的に身体を竦《すく》めながら、ビルギットは目に涙を浮かべた。

（どうしてこんなふうになってしまったんだろうね……）

最初に息子が道を踏み外してしまったのはいつだっただろう。母一人子一人の家庭だけれど、ビルギットは自分なりに精一杯息子に尽くしてきたつもりだ。それでも確かに他の家の子ができることを経済的な理由で諦めさせなければならない場面は多々あった。

自分がこんなに貧しくて何もできない、ろくでもない人生なのは、ヒェリ・バーリなんかに生まれてしまったせいだ――次第にテオドルはそんなことを毒づくようになっていった。せめて都会のアーレンバリに生まれていればこうはならなかったかもしれないのに、と。そして、選択肢の多い都会ではなく片田舎に産み落としたビルギットのことすらも、次第に責めるようになっていったのだ。何かを叶《かな》えるための努力は一切せぬままに。

そしてそれは近頃更に悪化の一途を辿《たど》っている。

テオドルはどうやら、反聖獣・反神殿とでも呼ぶべき異端的な思想に傾倒し始めているようなのだ。

絶対的な正義とされる高位の存在、謂《い》わば崇拝対象や信仰対象というものが存在する場所には、その光が強い分だけ色濃い影もまた存在する。

その高位の存在が、実は自分たちを脅かすものであり、信じ崇《あが》め続けるのは危険だという思想。特にそれを裏付ける確たる証拠もないのに、世間に逆行した自分たちの思想こそが正しい、裏側に潜むものを見抜いた自分たちこそが他者より優位であるという、これこそが世界の真実だとする偏執じみた妄信だ。

ここヒェリ・バーリにも、そういう異端的な思想に傾倒してしまう者たちがいる。

曰《いわ》く、聖獣は本当は実在しない。初代国王が聖獣に見出《みいだ》されたという伝説は嘘っぱちだ。聖獣を祀《まつ》る神殿はいんちき集団で、神殿の傍の屋敷に暮らす聖獣を名乗る人間はただの詐欺師だ、云々《うんぬん》。

立て看板を持って街を行進したり、神殿前に座り込んだりという過激派も、長いヒェリ・バーリの歴史の中ではなくもなかったという。そしてそういう過激派は、実はヒェリ・バーリのみならずアーレンバリ国内にも少なくないらしい。

ともあれテオドルは、ヒェリ・バーリという都市国家への不平不満が高じた結果、その大本である聖獣にまで憎しみが向いてしまっている様子なのである。

週に一度は神殿に礼拝に通っている敬虔《けいけん》なビルギットにとっては、これは恐ろしいことだった。信仰は個人の自由だから、聖獣を信じないこと自体は別に構わない。問題は、反聖獣・反神殿の者たちがそうでない者たちに対してしばしば攻撃的な言動をすることだ。

大体、とテオドルが酒瓶をテーブルに叩《たた》きつけた。

「もう若くはないって、そうさせたのはどこのどいつだよ！　生まれる場所がここでさえなきゃ、俺はもっと自分の力を発揮できたはずだ。金儲《かねもう》けだってできてたはずなんだ、こんな貧乏生活しながら、何にもなれねぇ人生なんて送ってなかった。俺がこうなったのは聖獣とやらのせいなんだよ！」

その言いように、さすがにビルギットは青ざめる。

「お前、聖獣様に対してそんな恐れを知らないことを言うなんて――」

「聖獣信者のクソババアは黙ってろよ！　いいか、俺がヒェリ・バーリ中の奴らの目を覚まさせてやる。俺がこんななのは聖獣のせいだって叫んで回ってやる！」

言ってテオドルは本当に立ち上がり、酔ってふらつきながらも外に出ようとする。

こんな状態で外で何を叫んだって、酔っ払いの戯言《たわごと》扱いをされるだろうが、それでもそんな不敬な振る舞いをさせるわけにはいかない。度が過ぎれば神官たちに捕らえられてしまうかもしれないのだ。

「待ちなさいテオドル、どこに行く気だい」

息子の腕に必死に縋《すが》りつくビルギットを、しかしテオドルは腕を大きく上げて振り払った。

「てめぇには関係ねぇだろ！」

ビルギットは床に倒れて腰を強《したた》かに打ち付け、動けなくなってしまう。その隙にテオドルはビルギットの金が入った財布を引っ掴《つか》み、乱暴に扉を開けて外へと出て行った。街はもう夜明けだ。窓から入ってくる日差しはあんなに明るいというのに、ビルギットの胸の中は暗澹《あんたん》たる雲で覆い尽くされていた。

(ごめんよ、テオドル。母さんがお前をアーレンバリじゃなくヒェリ・バーリで産んだものだから……)

長年息子から浴びせ続けられていた言葉によって、ビルギットは今や本当に自分が悪かったのだと思い込むようになってしまっていたのである。

結果としてテオドルは、朝の街中で反聖獣・反神殿の思想を叫んで回ったりはしなかった。家を出てしばらくしたところで酔《よ》い潰れ、道端のベンチで寝てしまったからだ。昼間の強い日差しを顔面に直《じか》に受け、テオドルは毒づきながら目覚めた。そしていつもの習慣で、行きつけの酒場へ向かった。馴染《なじ》みのその店は昼間は店先で軽食を売り、奥では夜と同じように酒を出しているのだ。軽食は店内で食べることもできるが、純粋に昼食だけ取りたい地元住民は酒を出さない他店へ入ることが多い。昼間にこの店にいるのはテオドル含む常連客か、この辺りのことをあまり知らない観光客ぐらいだ。

テオドルが酒場に入ると、今日は顔馴染みの常連客の代わりに見知らぬ顔があった。青年だ。年齢は恐らくテオドルの半分ぐらいだろうか。

青年が座る席の隣がテオドルの定位置だったので、いつもの場所に腰を下ろす。すると青年はこちらを見てにこりと微笑んだ。あまり特徴のない顔立ちだが、背筋を伸ばしたその座り方には見覚えがあった。

「お前さん、ひょっとしてアーレンバリの軍人かい」

問うと、青年は少し目を丸くした。

「どうしてわかったんだい？」

青年は敬語ではなく、友人同士のような気安い言い方でそう言った。親子ほども歳の離れた相手だけれど、酒場では珍しいことではないのでテオドルもいちいちそれを不快に思ったりはしない。都会の男らしい気取った口調ではあるけれど。

「前にも軍人を見かけたことがあったんだよ。軍服を着てなくっても、何つうかこう、雰囲気みたいなもんが同じだぜ。もっとも前に見かけた奴は、エリートだってことを鼻に掛けてたけどな」

するとと青年は鼻で嗤《わら》った。

「軍部が政権を握る国において軍人であることは、確かに誇りに思うべきなのかもしれない。だけどエリートだなんて勘違いもいいところだよ。命令されるがままに動く、要はよくできた手足だ」

自嘲《じちょう》交じりのその言葉に、テオドルは急激にその青年に対して興味が湧いた。手を差し出し、告げる。

「俺はテオドルだ。この辺りに住んでる」

「フェリクスです。どうぞよろしく」

フェリクスと名乗った青年は、テオドルの手を頓着《とんちゃく》なく握り返してきた。こちらが見るからに風体の悪い酔っ払いであることを気にも留めていない様子だ。その振る舞いに、テオドルの中で無意識に張っていた壁さえもすっかり取り払われる。

「華々しいアーレンバリ軍部の軍人様が、こんな片田舎のひなびた酒場で観光かい」

「休暇中ではあるけど観光とはちょっと違うかな。新しく家族になるかもしれない人がここの人だから、その縁で」

「なんでぇ、わざわざヒェリ・バーリの女と結婚か？　アーレンバリのほうがいい女が山ほどいそうなもんだが」

「だとよかったんだけどね。結婚するかもしれないのは俺じゃなくて父親なんだよ」

テオドルは思わず身を乗り出す。このフェリクスという青年は、こちらの興味をそそる話し方に非常に長《た》けている、と感心してしまう。

フェリクスは食べかけのパンを皿に戻した。そして溜息《ためいき》を吐きながらテーブルに頬杖《ほおづえ》を突く。

「母さんが早くに亡くなってから、父さんは長らく再婚する気配もなかったんだ。なのにちょっと前にヒェリ・バーリで恋人を作って、しかも近々プロポーズまでする気らしくてさ。俺はヒェリ・バーリに今まで一度も来たことがなかったから、一体どんな場所なのか試しに見てみようと思って」

「親父さんの再婚相手ってのはどんな女なんだ？」

ひょっとして知り合いの誰かかと思って興味本位で訊《き》いてみたが、フェリクスは首を横に振った。

「まだ何も聞いてない。とはいえ魅力的な人なんだろうとは思うよ。何せ反聖獣・反神殿思想の父さんが、わざわざヒェリ・バーリの人と一緒になろうと思ったんだから」

テオドルは口をぽかんと開けた。

「……てめぇの親父さんが、何だって？」

「だから、反聖獣・反神殿派なんだよ。軍部の中じゃ珍しくもない。みんな表だって言わないだけで」

がたん、と音を立ててテオドルは立ち上がった。そして青年の向かいの席へと座り直す。顔を間近で突き合せる格好だ。

「おい。アーレンバリ軍部ってぇのは、そういう考えの奴らが多い場所なのか？」

興奮気味のテオドルに対して、フェリクスはあくまで傍観者のように淡々と答える。

「多くはないよ。だけど少なくもない。中世のまま時間が止まってるようなヒェリ・バーリの城壁の中とは違って、アーレンバリは先進国だから。聖獣なんて非現実的なものをありがたがって暮らしているのが、まず俺には時代遅れに感じるね。とはいえまぁ、普通のアーレンバリ国民なら、それを他人が信じていようがいまいが、別段気にしたりはしない」

ただ、とフェリクスはテーブルの上のコースターを手もとで弄《もてあそ》ぶ。

「問題は父さんみたいな思想の人たちだよ。ああいう人から見たら、確かにここは気味の悪い宗教国家かもしれない。だけどいくらヒェリ・バーリがアーレンバリ国内にあるからって、都市国家と認められているからには外国だ。そこの党首がその国内で力を持っていようがいまいが、俺たちに何の関係があるんだって話だよ。相手が武器を持って攻め入ってこようとしてるってんならともかく」

つまらなそうに突き放すようなフェリクスの口調に反して、テオドルは自分の胸の奥が、何か火種のようなものが放り込まれたように熱くなるのを感じた。度の強いアルコールがそこに溜《た》まっているかのようだ。

「てめぇの親父さんは、聖獣様を引きずり下ろそうとしてるってことかい」

「さあね。もしそんなことになったら、実行させられるのは俺たちだから勘弁してほしいけど。上官の命令に逆らうわけにはいかないから。言っただろ? 俺たちはよくできた手足だって」

ということは、フェリクスの父親というのはアーレンバリ軍部でそこそこの地位に就いている軍人なのか。

テオドルの頭の中を、己自身の、何者にもなれなかった惨めな半生が駆け巡る。

自分が何も為《な》し得なかったのは、こんな片田舎の貧しい家に生まれてしまったせいだ。

せめてアーレンバリに生まれていたら。自分にもっと未来への選択肢があったなら。

ヒェリ・バーリなんて場所があるから、自分はこのざまなのだ。

聖獣なんかを祀《まつ》っている、この場所のせいで。

——聖獣のせいで。

その日放り込まれた火種は、その後もテオドルがずっと抱えていた怒りを糧にしているかのように燻《くすぶ》り続けた。

フェリクスと名乗ったあの若いアーレンバリ軍人とは、その後はもうヒェリ・バーリで会うことはなかった。だがその日交わした会話は、悪夢のように、仄暗《ほのぐら》い夜明け前の濃霧の中に凝る黒い靄《もや》のように、あるいは纏《まと》わりつく火の粉のように、テオドルにつきまとっていたのだ。

＊＊＊

リディアはビルギットがもう二週間も顔を見せないことに気を揉《も》んでいた。

最後に渡した薬はもうとっくに飲みきってしまっているはずだ。

(もしかして……何かの理由でお薬が飲めなくて、歩けないほどの痛みが出てしまっているんじゃ)

薬を渡すとき、他の薬との飲み合わせには気を付けるようにとリディアはビルギットに告げていた。もし高齢のビルギットが風邪などをひいていたら、それが長引いてしまっている可能性もある。仮に風邪の薬を優先して飲みながら寝込んでいるのだとして、きちんと休めているならそれでいい。問題は同居している息子に看病もしてもらえず、風邪の薬も痛み止めの薬も飲めずに、病と足の痛みの両方に苦しんでいる可能性があるということだ。

実の家族とともに暮らしていても必ずしも助けてもらえないということを、それどころか虐げられてしまうかもしれないということを、哀しいことにリディアはよく知っている。

夜明け前の仄暗い空を見上げて、リディアはエプロンのポケットを握り締める。そこに入っている痛み止めの薬を。

(……行こう。お薬を渡しに)

決意を込めて、リディアはエプロンを外した。それを頭からかぶり、顔を隠す。そして裏庭の門扉に手を掛ける。

ビルギットがどこに住んでいるかは知っている。彼女との雑談で家がある通りの名前も、外観の特徴も教えてもらったことがある。

この門扉の外には一歩も出たことはないけれど、だからこそ屋根裏部屋の書物の中にあったヒェリ・バーリの地図は何度も見て、覚えている。

幸い、今朝はいつもよりも更に早い時間に目覚めた。夜明けまではまだ随分ある。

リディアは意を決して、門扉を音を立てないようゆっくりと開き、そして外の通りへ一歩を踏み出した。

後でイサベレやヨセフィンから折檻《せっかん》を受けることになっても構わない。

これから受けるかもしれない身体の痛みよりも、今ビルギットを思って感じる胸の痛みのほうが、何倍も辛《つら》いから。


人生で初めて一歩外に出た瞬間、リディアは何だか拍子抜けした。あれほど自分とは隔絶されていると感じていた外の世界とは、なんだ、こんなものか、と思ったのだ。

身構えていたほど特別なものは何もなかった。ただ夜明け前の薄暗い、所々にごみが落ちたさほど広くない道と、みっちりと詰まった家々がそこに広がっているだけ。本の挿絵で見た街の景観よりも薄汚れていて、妙に冷めたような現実味が、そこにはあるだけだった。

屋敷から逃げ出すことを今まで一度も実行してこなかったのは、それがまったく現実的な考えではないとわかっていたからだ。醜い自分はきっとすぐに道行く誰かに見咎《みとが》められて、オーケリエルムの屋敷に報《しら》せを入れられてしまうだろう、と。

だが今は夜明け前だ。街はまだ寝静まり、通りには人っ子ひとりいない。仄暗い薄闇に街全体が覆われている。

今この瞬間だけなら、自分は自由だ。

リディアは途端に、自分の足に羽でも生えたかのように足取りが軽やかになるのを感じた。

幸い、この街は建物が密集してはいるけれど、区画自体は秩序立っている。地図を頭に浮かべながら初めて街を探索するリディアにも迷うことなく進むことができた。

この時間なら早起きのビルギットはもう目覚めているかもしれない。ひょっとすると顔を見て挨拶《あいさつ》ができるかもしれないし、もしまだ寝ていたとしても、薬を自分で届けられたという達成感はきっと何にも代えがたいものだろう。逸《はや》る気持ちとともに駆け、やがて彼女から聞いていた特徴と合致する家を見つけた。

灰色がかった青い屋根に、薄い黄色の壁の小さな平屋。

その玄関の扉の横の窓に、室内からこちらを窺《うかが》うように人影が映っている。

(よかった。ビルギットさん、やっぱりもう起きてるわ)

リディアは扉に駆け寄り、呼び鈴を鳴らすか少し迷って、やはりノックにしようと手を伸ばした。その手が扉に触れる直前、窓際の人影があの小柄なビルギットよりも明らかに上背があることに気付いた。

気付いた時にはもう、遅かった。

内側から勢いよく開かれた扉、その中から、何か長いものが勢いよく飛び出してくる。

棍棒《こんぼう》のようなものを振りかざした男だ。

――リディアはいつもより夜明けが遠いこの時間が、ある者にとってはまだ真夜中であるということに気付いていなかった。

男は低く唸《うな》る。

「やはり来たな、魔女め」

頭が真っ白になる。殺されるかもしれない、とはその瞬間には考えられなかった。

街灯の明かりもないため、男の顔は見えない。だがこちらを憎んでいるらしいことはその声音でわかる。

男は棍棒を勢いよく振り回した。呆然《ぼうぜん》とそれを見上げているしかなかったリディアは、避けることもできなかった。側頭部に強い衝撃が走る。視界がぐらついて、思わず尻餅《しりもち》をついた。痛みよりも、突然殴られた衝撃があまりにも強すぎて、声を発することができない。

「ただでさえこの街の住人は頭のおかしい聖獣信者だってのに、年寄りに怪しい薬を作って飲ませるなんて許せねぇ。あれはどんな薬だ⁉ 言ってみろ！ 身体の中に悪いものを埋め込んで、何かの情報を抜き取ろうってんだろう⁉ 抜き取ったもんを神殿が統制して、俺らを支配しようってんだろう⁉ 俺らが貧しいのは神殿の、聖獣のせいだ。俺がこんな暮らしをさせられてんのも！」

男は大声で訳の分からないことを喚《わめ》いた。

「魔女め、とっとと失せやがれ！」

棍棒が振り上げられる。

――あれが自分の頭にまっすぐに振り下ろされたら。

(そうしたら、わたし、ここで――)

そのとき、男が背にしている扉の中から、か細い声がかかった。

「どうしたんだい。誰か来ているのかい?」

すると男が慌てた様子で室内のほうを振り向く。

「うるせぇな、ババアは黙って――あっ!」

リディアは駆け出した。男が背後から何事か口汚く叫んでいるが、構わず走り続けた。

心臓が破れても、足が折れても構わない。

あの場で殺されてしまったら、ビルギットが死体を見てしまう。――自分の息子が殺した魔女の死体を。

リディアは街の中を無我夢中で走った。体に血が巡ったことで、殴られた側頭部が俄《にわか》に痛みを増してくる。視界が白み、足がもつれる。それでも走り続けると、家々が途切れて目の前に公園が現れたので、構わずそこに飛び込んだ。

公園というよりも森に近い場所だ。木々が鬱蒼《うっそう》と生い茂っている。夜明け前の薄闇を集めて抱き込んでいるかのように、通りよりも一層暗かった。

リディアはかえってその暗さに安堵《あんど》した。走るのをやめ、ふらふらと歩く。歩くというよりも、あまりの疲労で逆に足が勝手に動くのを止められず、立ち止まることができないといった状態だった。

喪失感が激しく胸を抉《えぐ》ってくる。

（……もう、ビルギットさんのところには行けないわ）

彼女の息子が喚いていた内容にはまったく心当たりはなかったが、とにかく彼はリディアを憎んでいた。追い返されるだけなら、それで怪我をするだけならまだいい。けれどきっと次はない。彼は次こそリディアを殺そうとするだろう。

誰かの役に立ちたいという、儚《はかな》くささやかな生きる理由。

ようやく手に入れたと思ったそれを、リディアは再び失ってしまった。

側頭部がじんじんと痛む。あまりの無力感に、何もかもを投げ出したい気分だった。

（わたし、このままもう……）

ここで死んでしまおうか。

誰にも知られないままに。

（ここなら……わたしの他に、誰も……）

靄《もや》がかかったような視界のまま、リディアがぼんやりと目線を足もとから前方へ向けた、その時だった。

眼前の木の下に、白っぽい人影が浮かび上がっているのが見えた。

ひっ、と喉《のど》が鳴る。思わず足が止まる。

人影は、木の下に座って、じっとこちらを見上げていた。

この薄闇の中、なぜそれが見えたのかというと、人影の足もとに携帯用のランタンが置かれていて、辺りを煌々《こうこう》と照らしていたからだ。

「……お……」

リディアの喉が震えた。

「おばけ……」

思わず後退《あとずさ》ろうとしたリディアに、その人影はランタンを持ち上げてこちらに向ける。

「違います。失礼な」

まだ変声期の途中にあるような、高くも低くもない声。

こちらを見上げる双眸《そうぼう》にばかり目を取られてしまっていたが、よく見たら、リディアより少し年下であろう少年である。

伸ばした金色の髪を、後頭部の高い位置でひとつに括《くく》っていて、着ているものも白っぽい。どこか貴族の屋敷に仕える高級使用人のお仕着せのような身なりだ。アーレンバリでは貴族制度が廃止されて久しいが、アーレンバリでもヒェリ・バーリでも、資産家などにはその系譜の家も多く残っていると聞く。

しかしだからこそ、こんな時間にこんな場所で、そんな姿の少年がランタンの明かり一つで木の下に座っているのは、意味がわからない。

「あ、あの……」

何か言わなければ、と半ば強迫観念に駆られて呟《つぶや》く。少年はやはりこちらを見上げている。

が、よくよく見れば、彼はこちらの目ではなく、少しずれたところを見ているようだった。側頭部の、さっきあの男に棍棒で殴られた部分だ。

思わずその部分に手を触れると、ぬるりとした感触があった。気付かなかったがどうやら血が出ているらしい。そしてようやく、走っている間にエプロンが外れてしまってショールのように肩にかかっており、肝心の顔が丸見えだということにも気付く。

リディアは血の付いた手を後ろに隠した。が、一連のその動作をやはり少年はじっと見ている。

「え、ええと……こんなところで何をしているんですか？　おうちの方が心配されてるんじゃ……？」

誤魔化すように口早にそう言ってみる。実際、まだ未成年であろう――この国では十八歳で成人とされるが、少年はまだ十五歳前後に見える――少年が、こんな時間に人けのない場所に一人でいるのは不自然だ。

少年は少し考えるような素振りを見せたあと、口を開いた。

「そうですね。おうちの方、という表現が適切かはわかりませんが、心配はしてるんじゃないでしょうか」

どこか他人事《ひとごと》のようにも、突き放すようにも、それでいて極めて親しい相手について話すようにも聞こえる不思議な言い方だった。

「あなた、いつからここに？」

「昨日の夕方からです」

少年は淡々と答えるが、それはすなわち、ここで野宿をしている最中だということだろうか。

頭が混乱しかけているリディアに、少年は自分の身を捩《ひね》ってみせた。すると今まで見えていなかった足もとが露《あら》わになる。彼は膝丈《ひざたけ》のズボンに革靴という品のいい出《い》で立《た》ちだが、清潔そうな靴下に包まれた足首に、明らかに不自然なものがまとわりついている。何か金属でできた獣の口が、少年の足首に咬《か》みついているかのようにも見える。

「この公園が近頃小型の害獣の被害に悩まされていると聞いて来てみたのはいいんですが、その害獣を捕まえるための罠《わな》にうっかり掛かってしまいまして」

あまりに当たり前のことのように淡々と告げるから聞き逃しそうになったが、間一髪、リディアは聞き咎《とが》めることに成功した。

「……え？　罠に？」

「はい。どうやら付近の自治組織が自主的に罠をいろいろ仕掛けていたみたいですね。市民同士の間で相互扶助が行なわれているようで何よりです」

それは確かにそうだろうが、今まさにその罠に引っかかっている当人が言う台詞《せりふ》ではないのではないだろうか。

リディアは慌てて少年に駆け寄り、罠に挟まってしまっている足もとに彼のランタンを向ける。

「怪我をしてるわ。大丈夫ですか？　痛みは？」

「痛くはありますが、所詮《しょせん》小型の獣向けの罠なので、致命傷ではありません」

そういう問題ではない。実際、靴下は痛々しく裂けて、そこから血が滲《にじ》んでいるではないか。

リディアは屋根裏部屋の書物から得た知識を総動員した。かつて読んだ本の中には、狩りの指南書もあったのだ。あれに載っていた罠のひとつと、今目の前にある罠は作りが似ているように見える。仕組みを思い出せば、外してやることができるかもしれない。

リディアは四苦八苦して、しばらく罠と格闘した。罠は少年の足首をがっちり挟んでいたが、やはり仕組みを思い出せさえすれば、あとは外すことは容易だった。とはいえ四苦八苦している間にリディアの指先はぼろぼろに傷ついてしまっていたが。

がちゃん、と音を立てて罠が開く。途端に今まで止まっていた傷口の血が溢《あふ》れ出してきたので、リディアは慌てて肩にかかった自分のエプロンの裾《すそ》を裂いて、少年の傷口に押し当てた。

少年はどこか呆然《ぼうぜん》として、自分の足を見ている。

「……ありがとうございます。助かりました」

「よかったです、罠が外れて。後は血が止まるのを待って、それから……」

言いながら、エプロンのポケットから薬の包みを取り出す。ビルギットに渡そうと持ってきた包みの中には、いつもの痛み止めの飲み薬のほかに、切り傷や火傷《やけど》にも効く傷薬も入っている。

止血した後、その薬を使って手際よく手当てしていく。最後に細く裂いたエプロンの布を包帯にして傷口を覆った。

「おうちに帰ったら、すぐにきれいな当て布と包帯に取り替えてもらってください。このお薬を使って……痛みが強く出るようなら、こっちのお薬をお水と一緒に飲んで。知り合いのおばあさんのために作ったお薬だったんですけど、もう必要なくなってしまったから、遠慮なく使ってください」

少年は差し出された薬とリディアの顔を交互に見た。

「ひょっとして、お医者様ですか？」

言われてリディアはどきりとした。医者と間違われたことに対する罪悪感のようでもあり、一抹の嬉《うれ》しさのようでもあった。

「……違います。ただの、魔女です」

「魔女？」

問い返してくる声に、リディアは自嘲《じちょう》めいた目顔を浮かべてみせた。皆まで言わずとも、見た目の醜さできっとこの少年も悟っただろう。

もしあの男に投げつけられた言葉のような内容が、何かの悪い噂話として街中に広まっているのだとしたら。

「わたしのことは誰にも言わないでください。魔女に手当てされたって知られたら、きっとあなたが責められてしまいます」

そうだ。こんなところで自分と話しているのを誰かに見られたら、それこそきっとこの少年が責められてしまう。さっき自分があの男から受けたような暴力を、今度はこの少年が受ける羽目になるかもしれないのだ。

もう夜明けが近い。街はじきに起き出してくる。

リディアは朝日の気配に追い立てられるように立ち上がった。少年はやはりこちらの挙動をじっと見ている。

「もう行かないと。その……ご主人様たちが起きていらっしゃる前に戻らないといけないので」

すると少年はその場で深く頭を下げた。

「手当てと薬をありがとうございました。情けないことですがまだ立ち上がれそうになく、家までお送りできずに申し訳ありません」

その言いようにリディアは慌ててしまう。何だか年齢よりも遙《はる》かに老成したような雰囲気だったのだ。

「そんな……わたしのほうこそ、一緒にいられなくてごめんなさい」

「お気を付けて」

「ええ。あなたも」

リディアは少年に会釈し、足早にその場を去った。辺りはまだ暗いが、徐々に鳥の鳴き声が聞こえてきている。しかし夜が明けきる前に屋敷に戻れるだろうか。事前に聞いていた道を随分外れて走ってきてしまったのだ。

するとその焦りを見越したように、背後から声が聞こえた。

「大丈夫です。道には迷いません」

何の根拠があってそう言ったのかはわからない。が、少年の声はどうしてか確信に満ちていた。

リディアは思わず振り向く。

すると少年は頷《うなず》いた。

「エルヴィンド様のご加護がありますように」

――エルヴィンド。

それこそがアーレンバリの初代国王を見出《みいだ》したという獅子《しし》、聖獣ファフニールの名前だ。

ヒェリ・バーリの多くの者たちは、聖なる存在を憚《はばか》って、あるいは親しみを持って「聖獣様」と呼ぶそうだ。エルヴィンドという名前を聞く機会はそう多くはないという。

「ありがとうございます」

リディアは少年に頷き返し、また駆け出した。どうしてか、今度はまっすぐに屋敷に戻れるという確信めいたものがあった。

そして不思議なことに、本当に少しも道に迷わずに、夜明け前に屋敷に戻ることができたのだ。

魔女と名乗った少女の背中が見えなくなると、少年はひとつ息を吐いて、背後の木の幹に背中を預けた。

罠にやられてしまった足首はひりつくように痛むが、そんなことよりもだ。

魔女と名乗った少女から感じた、あの不思議な気配は何だったのだろう。はっきりと言葉にはできないが、何となく特別な何か、とでもいうような。自分が感じたその感覚の正体がわからず少女を観察してみたけれど、彼女の外見からは何も読み取れなかった。

空が白んでくるまで、少年はその場でそうしていた。

やがてやかましくなってきた鳥の大合唱の中に別の物音が交じったのを聞き分けて、少年は口を開く。

「随分遅かったですね」

背後の木のさらに後方から聞こえてくる、草を踏み分けるその足音の主は、殊更ゆったりと少年の傍にやってきた。

見上げると、白銀の長い髪が視界に入ってくる。

「まさか『聖獣』の従者が、獣の罠《わな》などに引っかかって夜を明かしているとは思いもよらなかったからな。捜すのに手間取った」

「僕はただの人間ですよ。これだけ巧妙に仕掛けられてしまったら、うっかり引っかかることもあります」

「ただの？」

そう問い質《ただ》してくる彼の顔を見たわけではないが、恐らく片眉《かたまゆ》を上げてこちらを見下ろしているのだろう。少年は嘆息した。

「訂正します。人間の中でも僕は無鉄砲なほうです」

「罠くらい自分で外せただろう」

「……ここで待て、と言われている気がしたので」

誰にそう言われたのかは少年自身にも説明できない。ただ、ここで罠に引っかかったのは意味がある出来事だったような気がしたのだ。

――ひょっとして、あの少女に出会うためだったのか。

この世には不思議な巡り合わせが確かに存在する。運命などという概念を信じているわけではないが、時にそうとしか説明できないような出来事が確かに起こるのだ。

そしてそれは、ただの人間である自分のほうが、より敏感に感じ取ることがある。

傍らに立つ彼よりも。

しかしこの予感めいた考えを、今は彼に話すわけにはいかなかった。他ならないあの少女本人に、自分のことは誰にも言うなと言われてしまったからだ。善意で手当てをしてくれた相手への精一杯の敬意として、彼女の意思を尊重しなくてはならない。

傍らに立つ彼が、こちらの足首を見下ろしている気配がする。明らかに他者に手当てされたことが見て取れるからだろう。問い質してこないのは、こちらに何か事情があると勘づいているからだ。その程度のことはわかるくらいには、長い時を一緒に過ごしてきた。

「僕を助けてくれた人が、困っているようです」

考えた末、少年はそう告げた。

「短い時間でしたのですべては読み取れませんでしたが、助けたい老婆がいるのに邪魔が入ったせいで助けられなくなってしまったようでした。頭に怪我までしてしまって」

言って少年は、街のほうを見やる。

すると傍らに立つ彼も同じように街を見た。しかし少年が漠然と見やる視線とは異なった方角の、ある一点に視線が向いている。

「火種が燻《くすぶ》るようなこの不快な気配はそれか」

少年は知る由もなかったが、傍らの彼の視線の先には、正確に、さっきの少女が暴力を受けた家がある。

「ただの人間にしては上出来の読みだ」

「恐れ入ります」

「立てるか、ノア」

「はい。問題ありません」

どうやら彼女がくれた薬はとても効きがいいようだ。――少し、効きがよすぎる気もするが。

ノアと呼ばれた少年は立ち上がり、白銀の髪の彼の傍に控えた。そしてまっすぐに彼を見上げる。

文字通り人間離れした、神々しいまでの美しさを持つ、己の主《あるじ》を。

主は街の一点から視線を外さず告げる。

「先に屋敷に戻れ。火種は小さいうちに潰《つぶ》さなければならない。他の場所に飛び火してしまわないうちに」

そう低く呟《つぶや》く主は、視線の先に、今目の前にあるものではない存在も見ているのだろう。

その火種を、この街ヒェリ・バーリに見えない火の粉のように撒《ま》き散らし、黒い靄《もや》のように塗り広げていくその存在を。

ノアは頷き、一礼した。

「承知いたしました。行ってらっしゃいませ――エルヴィンド様」

テオドルは自宅前に現れた忌まわしい魔女を追い払った後、己の内に燻る炎を持て余すかのように、母親に暴力を振るった。

少し前に腰を痛めて以降、ほとんど寝たきりだった母親の、床に這《は》いつくばって虫けらのように縮こまり命乞《いのちご》いをする弱々しく惨めな姿が、苛立《いらだ》ちに拍車を掛ける。

が黒い靄に覆い隠されていく。その靄に翻弄《ほんろう》されるように、何も考えず、ただ衝動的に殴り、蹴《け》りつける。

テオドルの手がいよいよ、さっきあの魔女を追い払うのに使った棍棒《こんぼう》に伸びた。

母親は信じられないものを見る目つきで、息子が棍棒を摑《つか》み、己へと振りかざすのを見ている——

「そこまでだ」

背後から掛けられた声とともに、振り上げた腕が突然、何者かに強い力で摑まれたように止まった。

テオドルは咄嗟《とっさ》に自分の腕を見る。何にも摑まれていない。だというのに、腕どころか身体が動かない。

まるで背後から、何者かに圧倒され、畏怖《いふ》し、身体が凍りついてしまったかのように。

「それ以上やったら死んでしまう。そんなこともわからないほどに、奴の侵入を許してしまったのか。……愚かさにつけ込まれた、哀れな人間よ」

誰だ。一体何を言っている。

闖入者《ちんにゅうしゃ》に向かってそう問い質したいのに、後ろを振り向くことも、声を出すこともできない。

昇ったばかりの朝日が、背後の扉か、あるいは窓から差し込んできて、涙を流す母親の顔がよく見える。

直後、背後から叩《たた》き込まれた強烈な一撃によって、テオドルは為《な》す術《すべ》もなく昏倒《こんとう》した。
意識を失う直前、白銀の長い髪がちらりと見えた気がした。

＊＊＊

あの夜明け前の出来事以来、リディアは再び己の生きる価値を見失い、憔悴《しょうすい》しきった日々を過ごしていた。
それがどんなに小さな希望であったとしても、もともと持っていなかったときよりも、一度手にして再びなくしてしまったときのほうが何倍も辛《つら》いものだ。
以前の生活が戻ってきただけのはずなのに、それを喪失だと感じる自分を酷《ひど》く浅ましくも思う。元より自分には過ぎた望みだったのだ。そう割り切ろうとしても、喪失感は胸を抉《えぐ》った。文字通り死人のように、命令をただひたすらこなすだけの日々が続いた。
そんなある日、オーケリエルムの屋敷内が俄《にわか》に活気づく出来事があった。
ヨセフィンがかねてより交際していた、アーレンバリ有数の資産家であるアンデル家
、とうとう求婚されたのだ。
レンバリ軍部の幹部で、アーレンバリ国内の経済界にも多くの伝手《つて》を持つ
軍部の中にはアンデル家の一族から輩出されたエリート軍人が他に何
の百貨店である『オルヘスタルズ』に出店しているテナントの多

頭の中が

くはその親族らが手がけているという、恐るべき一族である。

「やっとこのクソ田舎からおさらばできるわ！」

居間でこの吉報を真っ先に母親に報《しら》せたヨセフィンは、興奮気味にそう言った。

居間の外の廊下を掃除していたリディアは、雑巾《ぞうきん》を持つ手は止めないまま、思わず耳をそばだてる。

「商業が発展した軍事国家でそれだけの地位を確立してるなんて、アンデル家はうちとは比べものにならない、本物の権力を持った金持ちよ。都会に住めばドレスだって食べ物だって、流行《はやり》のものをいち早く手に入れられる。一生遊んで暮らせるわ、ママ！」

「だけど相手の男はお前より三十も歳上だろう？　それに死に別れた前妻との間にお前と同じ年頃の息子までいるなんて。ヨセフィン、お前、息子のほうじゃだめだったのかい」

あら、とヨセフィンは鼻を鳴らす。

「遺産をがっぽりせしめるなら、早くくたばりそうなほうに嫁ぐほうが賢い選択じゃない」

「だけどお前は見目のいい若い男が好きだろう。耐えられるのかい？　せっかく今持ってる若さと美しさを、その男のために無駄遣いすることになるんだよ」

「平気よ、遊び相手は他で確保しておくもの。それにベンノ様はあの歳にしては男前よ。仲睦《なかむつ》まじい新妻を演じるにしたって、あれなら吐き気を催さずに済むわ」

ベンノというのがそのアーレンバリの権力者の名らしい。

大体、とヨセフィンは色っぽく溜息《ためいき》を吐いた。

「向こうだってこのヒェリ・バーリ一の美貌《びぼう》に目が眩《くら》んで若い娘に手を出したんだもの。相応の対価を支払ってもらわなくちゃね」

「お前、ちゃんと吹っ掛けたんだろうね？」

「もちろんよ。うちの店をアーレンバリ都心の一等地に移転させてもらうことを、結婚を受ける条件の一つに入れておいたわ。あの有名な百貨店オルヘスタルズの中よ、オルヘスタルズ。当然、あっちで住む場所の手配も、この家を引き払った後の売値の分配もね」

「やるじゃないか、ヨセフィン。さすがはあたしの自慢の娘だよ」

母娘は下品な笑い声で盛り上がり、アーレンバリで暮らす日々の計画を話し合っている。

一方、リディアは拭《ふ》き掃除《そうじ》を続けながら眉《まゆ》を顰《ひそ》めた。

（……店をアーレンバリに移す？　屋敷を引き払う？）

嫁に行くのだから、ヨセフィンの住む場所が変わるのは当然だ。だがイサベレまで店ごと引っ越すとは予想外である。この屋敷を売却するつもりであるならば、家財道具を一切合切アーレンバリに持っていくということはないだろう。大きな家具などは屋敷の備品として一緒に売りに出すはずだ。

ではリディアは一体どうなるのだろう。

向こうでも使用人は必要だろうが、アンデル家がオーケリエルム家よりも遙《はる》かに豊かだというのなら、既に向こうには何人もの使用人がいるはずだ。リディアもそこに交ざることになるのか、それとも。

そんなことを考えていたのがまるで見透かされたかのように、居間からリディアを呼ぶ声がした。

リディアは驚き、内心飛び上がった。慌てて雑巾を水を張った桶《おけ》に放り、エプロンで手を拭きながら急いで居間に入室する。

「お呼びでしょうか、奥様」

「お前、今の話を全部聞いていたね」

全部ではないが、聞こえていたのは事実だ。震える指先を握り締めたまま思わずじっと押し黙っていると、イサベレは鼻を鳴らした。

「まぁいい。ヨセフィンの結婚が決まった。あたしもアーレンバリに引っ越すんだ。だがお前は連れて行かない」

え、とリディアは思わず顔を上げた。

リディアだけではなく、ヨセフィンも信じられないような顔でイサベレを見ている。

「ちょっとママ、本気？」

「本気も本気さ。アンデル家には質のいい使用人が腐るほどいるはずだからね。そこにこんなみっともない娘を連れていくなんざ、オーケリエルム家が馬鹿にされるぐらいじゃ済まないよ」

「それはそうだけど、でも……」

言い募ろうとするヨセフィンに、イサベレは鋭く目配せをした。途端にヨセフィンは押し黙る。

イサベレは再びリディアを睨《にら》むように見た。

「ヨセフィンの嫁入りの日まではこの家に置いてやる。嫁入り当日に、お前も出てお行き。当然無一文でだよ。この家のものは何一つ持ち出すことは許さない。お前の薄汚い私物以外はね。オーケリエルム家にいたってことも、お前は生涯誰にも口外しちゃならない。わかったね」


その夜、リディアは硬いベッドに横になり、曇った窓から夜空を眺めながら、イサベレに言われたことを反芻《はんすう》した。

どう考えても、何度考えても、結論は同じだ。信じられないことだが。

（それって……わたし、お嬢様のお嫁入りの日に、自由になれるということ？）

何度その結論に至っても、やはり狐につままれたような気分になる。そんな都合のいい話があるはずないと思うのに、イサベレの言葉にはやはりそれ以外の解釈をする余地がないのだ。

ヨセフィンの嫁入りの日取りは二ヶ月後の月初に決まったらしい。奇《く》しくもそれはリディアの十八歳の誕生日だった。無論、偶然だろう。あの母娘はリディアの誕生日を覚えていたことなど一度もないのだから。

ともあれ成人となる日に、一人の人間としてこの家を旅立てるなんて。

そんな嘘のような巡り合わせが、本当に自分の身に起こるだなんて。

無一文で放り出されて、一人で生きていけるだろうか。魔女と噂されている自分が。働き口が見つけられなければ、すぐに野垂れ死にだ。

ヒェリ・バーリ国内には神殿が運営している救貧院や孤児院もある。ひょっとしたら、そこでなら働かせてもらえたりはしないだろうか。けれどこの醜い容姿を死ぬまで隠しながら、果たしてそんなことが本当に可能なのだろうか？

いや――そもそも自由になれるというのが、やはり自分の都合のいい思い違いなのでは。

今日も深夜まで働いて体はくたくただ。けれどそんなことを延々と考えてしまって、その日は明け方まで寝付けなかった。

初めのうちこそ信じられないという気持ちが勝っていたが、日を追うごとに、リディアの中に一筋の希望が見え始めた。ヨセフィンの嫁入り準備が進み、本当にこの婚礼が行なわれるのだと実感していくうちに、リディアが自由になれる日が近いということもまた、次第に現実味を帯びていったのだ。

それはヨセフィンとイサベレの二人が華やかな婚礼準備を進めながら、事あるごとに「もうすぐ醜い顔を見なくて済むようになると思うとせいせいする」というようなことを、聞こえよがしに語るからだった。

どんなに辛《つら》い日々でも、未来への一筋の希望の光を頼りにすることができれば、その日が来るまでがんばろうという気持ちが少しずつでも湧いてくるというものだ。

石にかじりつく思いで二ヶ月を過ごし、そして、いよいよヨセフィンの嫁入りを――

リディアの成人、十八歳の誕生日を明日に控えた夜。

リディアの人生を大きく揺るがすその出来事が、ついに起こる。

その瞬間は刻一刻と近づいていた。

リディア自身も、己の運命を知らないままに。

その夜もリディアはくたくたになるまで働いて、日付が変わる少し前にようやく屋根裏部屋へと戻った。

「ただいま、アイノ。ベッテ、マイレも。ヨエルは今日は少し葉っぱに元気がなかったわね」

窓際の鉢植えたちに語りかける。

「だけど明日《あした》になったら、あなたたちをお屋敷の外に連れていってあげられるの。わたしたち、自由になれるのよ」

流石のリディアも知らず声が弾む。枕もとの時計を見ると、午前零時まであと数分だ。

「明日になったら、シーツを鞄代《かばんが》わりにしてあなたたちを包むわね。もしシーツも持ち出したらだめだって奥様に言われちゃったら……その時は何とかするわ。わたしはドロワーズで外を歩いたって構わないもの、スカートを脱いで包むことだってできるし、がんばれば両腕に抱えられないこともないわよね。ああ、待ち遠しいわ」

リディアは鉢植えたちを丸ごと抱き締めるように両腕で包み込んだ。そして至近距離で見たヨエルの葉に、やや眉を顰める。

「……やっぱり少し元気がないわね。待ってて、お水を取ってくるわ」

今日はいつになく浮き足だっていたからか、いつもなら仕事を終えて屋根裏部屋に下がってくるときに必ず一緒に持ってくる水差しを忘れてしまった。一日も忘れたことのない習慣を今日に限って忘れるなんて。

再び階下に下りていく足取りも、やはり弾んでいる。

(わたし、これからは外の世界で生きていくんだ)

と——一階の台所までの階段を下りる途中、二階にあるヨセフィンの部屋の扉の隙間から明かりが漏れていることに気が付いた。屋根裏部屋に戻る前に見回ったときには消えていたはずだ。

さすがの彼女も輿入《こしい》れ前夜は眠れないのだろうか。そう思いながら恐る恐る通り過ぎようとしたとき、微《かす》かな話し声が聞こえてきた。

思わず部屋に少し近付き、耳を澄ませる。ヨセフィンの声だけではない。イサベレの声もする。

「やっとあの娘をこの手でぶち殺してやれる日が来たね」

忌々《いまいま》しげに言い放たれたイサベレのその言葉に、リディアは思わず声を発しかけた。慌てて両手で口を押さえ、呼吸を静める。

あの娘、とはリディアのことだ。疑いようもなく。

「オーケリエルムの屋敷に魔女が棲《す》みついてるなんて噂が街中に流れていたせいで、店の売上げはどんどん落ちてるんだ。そりゃそうさ、どこのどいつが魔女が棲む家からものを買いたいと思うんだい。毒でも入ってるんじゃないかって客から言われたこともあるんだよ。あの娘のせいで商売あがったりだよ」

まぁでも、とイサベレは続ける。

「今夜あの娘を殺しちまえば、屋敷の地下室に死体を隠して、あたしらはアーレンバリにとんずらこいて、それで終わりさね。地下に隠し部屋があるなんて、外からぱっと見たんじゃわからない。引っ越していろんな業者がうちに出入りしようが、誰にも見つかるはずはない。あとは死体が腐る前に、アーレンバリの新居に持ち出すものを取りに戻るふりをして、ここに戻ってきて死体を焼いて、灰を裏庭に埋める。そうすりゃあとは素知らぬ顔で屋敷を売りに出すだけだ」

「結婚前夜なんてこんな忙しい日まで待たずに、さっさと殺しちゃえばよかったのに」

ヨセフィンの不満そうな声に、イサベレは呆《あき》れたように返す。

「馬鹿だね。あの娘を殺しちまったら、誰が今日まであたしらの世話をするんだい」

「あ。それもそうね。死ぬまでこき使ってやらなきゃ損だものね」

きゃはは、とヨセフィンは楽しげに笑う。

「だがそれも今日までさ。せっかくアーレンバリの資産家の威を借りて店を大きくしようってときに、あの娘の存在は禍根になりかねない。今夜中に確実に殺さなけりゃならないよ」

「ええ、ママ。明日からはアーレンバリで、あたしたちの新しい人生が始まるんだもの」

その時——時計の針が、午前零時を刻んだ。

ヨセフィンが邪悪な笑みを浮かべた声がする。

まるで見えない火の粉に、あるいは黒い靄《もや》に覆われたかのような。

「ああ、もう明日じゃなくて今日ね」

その言葉とほぼ同時だった。

リディアの背中が突然、激しく疼《うず》いた。

激しい痛み、いやもはやそれは灼《や》けるような熱さだ。驚きで一瞬息が詰まる。慌てて呼吸をしようとしても、喉《のど》すらも灼けたようになってしまって息ができない。

（な、何……!?　一体何なの!?）

身体の内側が熱く沸騰して、そのまま裏返ってしまいそうな心地だ。

足を引きずるようにして階段まで戻り、手すりを掴む。そして今下りてきたばかりの階段を、這《は》いつくばるようにして再び上り始める。足に根が生えてしまったように重くて、一段上がるだけでも身体中から冷や汗が噴き出す。痛みのあまり背中を掻《か》き毟《むし》りたくなる衝動を、手すりに爪を立てることで何とか堪える。

(早く……早く、逃げなきゃ)

階段を上ってしまったのは失策だったと気付いたのは、苦労して屋根裏部屋に辿《たど》り着いた後だった。ここには逃げ場がない。最上階だし、窓は開かないのだ。

今にもあの二人が凶器を手に階段を上がってきて、リディアを殺そうとしているというのに。

(わたし……殺されるの?)

そう考えて、ふと我に返る。

やっと今日まで生き延びたのに。

今日、ようやく自由になれる、そのはずだったのに。

(お母様と、お姉様に、わたしは……)

殺される。血の繋《つな》がった実の家族から。

また背中が強く痛み、疼く。まるで脈動だ。

苦しみに耐えながらリディアは扉をしっかりと閉めた。鍵《かぎ》などないから気休めでしかないが、せめてもの身を守る術《すべ》をと部屋の中を見回す。そして椅子やチェストを動かし、扉の前に置いて塞《ふさ》ぐ。

けれど結果が同じであることはもうわかりきっていた。その瞬間がほんの少し後になるだけで。

窓は変わらず曇っている。窓の外にぼんやりと見える夜空もいつも通りだ。

階下から階段を上ってくる二人分の足音がする。

じきにこの部屋の扉は破られ、二人が乱入してきて、自分は殺される。

その様子をありありと思い浮かべた瞬間――リディアは、自分の胸がすっと凪《な》ぐのを感じた。

何を恐れているのだろう。自分はもともと生きている価値のない存在だったではないか。それが今日、その価値通りの結末を迎えるだけではないか。

(……そっか。そう、だったわ)

リディアはまるで夢の中を歩くように、ふわふわとした足取りで窓辺の鉢植えたちのもとに向かう。

自分の人生は今日、ここで終わってしまう。この鉢植えたちを外の世界につれていけないことだけが心残りだ。

「……ごめんなさい、みんな。約束したのに、わたし……だめみたい」

涙が頬を伝う。もう背中の疼きも、苦痛も、何も気にならない。ただ鉢植えたちの行く末を案じることしかできない。

「誰かがあなたたちに気付いて、お水をやってくれるといいのだけど……」

それが絶望的な展望であることはわかっていても、そう願わずにはいられない。

二つの足音がじりじりと迫ってくる。そしてついに、ドアノブが外から回される。

勢いよく開かれようとした扉が、大きな音を立てて、扉を塞いでいたチェストにぶつかった。部屋の外から驚いたような声がする。

「ママ！　あいつドアを塞いでるわ！」

「生意気な小娘だね。さっさとここを開けるんだよ、リディア！」

がちゃがちゃと扉を揺らしたり、外から殴打したりしながら、二人は口々に罵《ののし》りの言葉を怒鳴っている。

背中がまた脈打つように大きく疼き、強い痛みがリディアを襲う。否、その間隔はどんどん狭まり、波のように押し寄せてくる。

扉の蝶番《ちょうつがい》が外れたような音がした。リディアは反射的に扉のほうに向き直る。窓に背を向けるような格好になるから、差し込んだ月明かりで扉の様子がよく見える。

外から加えられる衝撃で、扉は今にも破られそうだ。

がんがんと鳴っているのは、扉が殴打される音か、それとも己の身体の血液が波打つ音なのか。

視界が真っ白になるほどの疼きに呑《の》み込まれる。呑み込まれる――

そのとき突然、一陣の風が屋根裏部屋に吹き込んだ。

夜の香りと一緒に、窓辺に並んだ鉢植えたちから花のいい香りがその風に乗って、リディアの鼻先をくすぐった。

生き返ったように、心臓が大きく収縮した。

窓は閉まっていたはずだ。この部屋の窓は閂《かんぬき》が錆《さ》び付いていてびくともしないし、窓枠も歪《ゆが》んでしっかりと食い込んでしまっていて、リディアの力では開けられないのだから。

振り返って窓のほうを見て確認しなければ。突風が吹いて窓が開いてしまっただけだと。

だが振り返ろうとした瞬間、また背中が大きく疼く。リディアはとうとう、自分の身体を抱き締めるようにして床にへたり込んでしまった。強い痛みに全身に冷や汗まで浮かんできて、床に爪を立て、歯を食い縛る。

扉の外からは変わらず二人の怒鳴り声と、激しい殴打音がする。がたがたと扉が上げる悲鳴も。

しかしそんな騒音の中であるにも拘《かか》わらず、――ぎし、と古い木の床が軋《きし》む音が聞こえた。

背後からだ。

依然背を向けている、窓のほうから。

体重の軽いリディアが踏んだのでは鳴らない床。それが、ぎし、ぎし、と音を立てている。

何かが——窓からこちらに近づいてくる。

四つ足の獣のような唸《うな》り声が聞こえる気がする。それも犬猫ではない、大型の獣。

(そんなはず、ない)

ここは住宅街だ。窓から獣が入ってくるなんて、そんなことあるはずがないではないか。

足音が止まる。

リディアの真後ろだ。すぐ背後にいる。

思わず息を呑《の》む。恐怖なのか混乱なのか焦燥なのか、リディア自身にも訳がわからないまま、心臓が強く収縮する。と同時に背中の疼きの波がまた大きく押し寄せてきて、リディアは苦痛に顔を歪める。

(痛い、熱い——)

背中がちぎれて粉々になってしまう、と思ったその時——ふと、柔らかい感触が触れた気がした。

鳥の羽のような、あるいは動物の体毛のような。確実に人間の手とは違う何かが、労《いたわ》るようにリディアの背中に触れたのだ。

そして次の瞬間——視界が大きく揺れた。

背後にいた何かが、リディアを抱き上げたのだ。

しかしそれは四つ足の獣でも、鳥でもなかった。

一人の青年が、リディアを両腕に抱き、こちらをまっすぐに見つめている。

その金色の二つの輝きに、リディアは思わず見入った。

(……猫の目、みたい)

透き通ったその瞳《ひとみ》は、どこか人間離れしている。作り物めいているというよりは、自然界に存在する明かりや、水の透き通り方に近いような印象だったのだ。

青年の長い髪が、さらりとこちらの顔に落ちてくる。月明かりの中で、白いような、銀色のような、あるいはごく儚《はかな》く輝く金色のような、不思議な煌《きら》めきを放つ髪だ。

その髪の色も眼光も、冷たく鋭いようにも見えるのに、腕の中は温かく、このまま眠ってしまいたいと思っている自分がいる。

(人間じゃ……ないのね、きっと)

物語の中では、人が死ぬまさにその瞬間、死を司《つかさど》る神がやってきて、大きな鎌《かま》でその命を刈り取っていくという。

『誰か』が、唇を開く。リディアに何かを告げようとしている。

否、何を言われるかなんて、もうわかりきっているではないか。

生まれてから今まで何度も浴びせ続けられてきたあの言葉を、死の間際にも言われる。ただそれだけだ。

お前には生きている価値がない。
お前には生きている価値がない──

「──見つけた。お前は、私の花嫁だ」

世界から音が消えた。

次の瞬間、屋根裏部屋の扉が、そこを塞いでいた家具もろとも音もなく粉々に消し飛んだ。

扉を殴打していた姿勢のまま、イサベレとヨセフィンが驚愕《きょうがく》した顔でこちらを見ている。その手にはリディアを殺すためのものであろう刃物が握られている。

リディアは、たった今信じられないことを告げてきた相手をただ見つめることしかできない。あまりに想像もしていなかったことを言われたために、こちらの言葉は完全に奪われてしまった。

その『誰か』はリディアを腕に抱いたまま、視線をイサベレとヨセフィンのほうに向ける。

その目に射貫《いぬ》かれてしまったかのように、二人は腰を抜かして床に座り込んだ。その手から凶器が転がり落ちる。二人の傍には脈絡なく砂のようなものがこんもりと山になっていた。それが粉々になった扉や家具の残骸《ざんがい》であることに遅れて気付く。

まさか、とヨセフィンが震える声で呟《つぶや》いた。

「その髪の色、その瞳……それにその人間離れした美しさ！　間違いないわ、あなたエルヴィンド卿《きょう》でしょう⁉」

イサベレが目を見開く。

「そうだ、あたしも姿は見たことないが噂には何度も聞いてるよ。ああ、間違いない！」

エルヴィンド、という名の持ち主が一体誰なのか、リディアは咄嗟《とっさ》に思い出せなかった。

エルヴィンドと呼ばれた『誰か』は頷《うなず》き、目を細めた。

「私のことを知っているならば話は早い。この娘は今日より私の花嫁としてもらい受ける。……もっとも、血の繋《つな》がりがありながらも家族などではなかったお前たちに伺いを立てる必要などないだろうが」

そう告げて、エルヴィンドは窓のほうへ向き直った。窓も扉と同じように、いつの間にかガラスが跡形もなく消し飛んでいて、その粉々になった残骸と思《おぼ》しき砂が床に積もり、月明かりを反射してきらきらと煌めいている。驚いてエルヴィンドを見上げると、彼はリディアを見下ろし、ひとつ頷いてみせた。安心しろとでも言いたげに。

「あ、あの……」

問わなければならないことは山ほどある気がするのに、頭がまったく回らない。そうしている間にもエルヴィンドはリディアを抱えたまま窓のほうへ向かって歩いていく。

その背中に、ヨセフィンの金切り声が追いすがってくる。

「待ってよ！　どうして……!?　どうしてリディアなのよ!?」

その問いには、エルヴィンドは答えなかった。代わりに一瞥《いちべつ》だけを投げると、そのまま窓から外の世界へと飛び出す。

驚きのあまりされるがままだったリディアは、その瞬間、思わず鉢植えたちのほうに手を伸ばした。

しかしその手が、取り残された小さなそれらに届くことはなかった。

背中の灼熱《しゃくねつ》の疼《うず》きと痛みはとうとうリディアを呑み込んでしまったのだ。

指先は虚《むな》しく宙を掻《か》き、意識を失った細い腕はだらりと垂れ下がった。

＊＊＊

窓の外へと消えたリディアと美しい青年を呆然《ぼうぜん》と見送り、ややあってイサベレとヨセフィンは我に返った。

慌てて窓辺に駆け寄ったときにはもう遅く、夜空のどこにも二人の影はない。

どうするのよ、とヨセフィンが地団駄を踏んだ。

「なんでよりによってリディアが選ばれるのよ!?　なんであたしじゃないの!?」

まぁまぁ、と娘を落ち着かせようと宥《なだ》めるイサベレもどこか悔しげな顔だ。

「お前の旦那《だんな》になるベンノ・アンデルは反聖獣・反神殿思想者じゃないか。いずれアーレンバリ軍部の中で同志を先導するかもしれない。そうすればリディアは聖獣もろともお陀仏《だぶつ》さ」

「そんなのいつになるかわからないじゃない！　本当に実行するかどうかも――」

と、イサベレは何かを思い出して娘を制止する。

「ヒェリ・バーリにも反聖獣・反神殿思想者は隠《かく》れているだろう？　前にそういう人間と少し話したことがあるんだよ。うちは神殿を崇《あが》めもしなければ積極的に逆らいもしない中立派だ、神殿に礼拝に行ったことは一度もないって言ったら、そいつが興味深いことを教えてくれたんだ。聖獣は確かに花嫁を探しているが、それは人間で言うところの婚姻とは訳が違うんだと」

「……一体どういうことよ？」

眉根《まゆね》を寄せるヨセフィンに、イサベレは唇を歪《ゆが》めて嗤《わら》った。

黒い靄《もや》を纏《まと》った火の粉が、瞬間的に燃え上がるように。

「聖獣の花嫁ってのは実際のところ、供物として捧《ささ》げられる生贄《いけにえ》なんだ。一緒になったら最後、獅子《しし》に食われちまうってことさ。――あたしらがやらなくても、どっちみち近いうちにリディアは死ぬってことなんだよ！」

二ノ章✦聖獣の花嫁

——いい香りがする。

花の、緑の香りだ。

あるいは風の香り、水の香り。降り注ぐ朝日の恵みの香り。

この世界に存在している森羅万象に、優しく抱かれているような。

(心地好《よ》い……)

この穏やかな微睡《まどろ》みから、ずっと目覚めたくない。

そう思うのに、明るい日差しに瞼《まぶた》が照らされて、誘われるように目を開く——

明るい部屋の中で、リディアは目覚めた。

とても久しぶりによく眠った、と思う。もう何年もずっと、毎日の睡眠時間は短く、眠りはとても浅かったから。

朝日に照らされた、染みひとつない真っ白な天井が目に入る。あれ、と思う。

(……わたしの部屋じゃ、ない……？)

見慣れた屋根裏部屋の、濃い色をした木材の斜めの天井ではない。慌てて飛び起きようとして、何かが身体の上に乗っかっていることに気付く。

目覚める前に感じたあの心地好さの正体。

それに気付いて、リディアは目を見開き、固まった。

白銀の髪をした青年――エルヴィンドが、リディアの隣で横になり、金色の双眸《そうぼう》でこちらをじっと見つめていたのだ。

彼はリディアを包むようにしていた腕を引っ込めた。

そして、あまりの驚きで言葉も出ないリディアに、平然と告げてくる。

「やはり飛び起きようとしたな。こうしていて正解だった」

エルヴィンドは起き上がり、ベッドに腰掛けると、羽毛の掛け布団をリディアの肩までかける。

「自覚はないのだろうが、お前の身体は長期に亘《わた》る栄養失調と過労のせいで激しく衰弱している。急に無理な動きをするのは当面、禁じる」

命令するような口調だが、その声音は厳しくはない。

リディアは混乱する頭を何とか叩《たた》き起こして、答える。

「……あの……わたしが飛び起きないようにするために、傍についていてくださっていたということ、でしょうか？」

「そうだ。早々に死なれては困るからな」

死、という言葉にどきりとする。彼の言葉通り、リディア本人には自覚はまったくなかったが、健康状態が思っていた以上に悪いということなのだろうか。

リディアは横になったまま、顔の向きだけを変えて辺りを見回してみる。

部屋が明るいのは、外から差し込んでくる朝日のせいだけではないことに気付いた。

壁も床も天井も、家具調度まですべて、白を基調とした色で統一されているのだ。所々にあしらわれた装飾の金色が差し色になっていて、とても品がよく美しい。様々な色という色がひしめいていたオーケリエルム家の内装に慣れていたリディアには、とても新鮮な光景だ。

しかしそれよりももっと不思議なのは、木々の幹や枝葉が、部屋の中にまで入り込んでいるということだった。壁や天井、床のあちこちに、瑞々《みずみず》しい木肌が見える。それも外から無理やり突き破って入ってきているのではなく、この部屋と木々とがそもそも一緒に作られたかのようだ。木々の周りの壁や床に余計な亀裂が一切ないのである。

「あの……ここは？」

「私の屋敷だ」

それ以上の説明はない。リディアは途方に暮れてしまった。

所在なげに布団の中でもぞもぞと動き、意を決して問うてみる。

「お、起き上がっても構わないでしょうか？」

するとエルヴィンドは、リディアの肩の下に腕を差し入れて、起き上がるのを手伝ってくれた。

　こんなことをしてくれなくても自力で起き上がれるのに、と思ったけれど、いざ起き上がってみると強い眩暈《めまい》がした。思わず頭を手で押さえ、俯《うつむ》く。

「大丈夫か」

「……っ、は、はい……」

　本当は返事をするのも辛《つら》い。起き上がるだけでこんなに苦労するとはまったく予想外だ。

　驚きと焦りでリディアが荒い呼吸を繰り返していると、エルヴィンドはこちらの身体を支えてくれている腕に力を込め、彼のほうへと引き寄せた。上体を彼の胸へ預けるような格好になる。

「恐らくは精神的なショックも大きいのだろう。あんなことがあったのだ」

　それに、と彼は独り言のように呟《つぶや》く。

「啓示が身体に負担をかけたのかもしれない」

（啓示……？）

　問い返したいが、今は眩暈を落ち着けるので精一杯だ。しばらく彼の胸を借りているうちに、やがて呼吸が楽になってくる。

　気を紛らわすように、部屋の中を眺めようと目を上げてみる。すると木々が張り巡らされた白い室内よりも、更に不思議な光景に目を奪われた。

部屋の一方の壁が、ないのである。

ベッドから見てちょうど正面の、本来ならば当然壁があるべきところに、光り輝く朝の庭の風景が広がっている。天井から床までが、そして壁の端から端までがすべて掃き出し窓になっているのか、完全に開け放たれていて、室内と屋外との境目が取り払われた状態なのだ。

庭の手前側の一帯には石畳が敷かれ、その周囲を花壇が囲んでいる。その向こうには赤い屋根の小屋があって、庭仕事の道具が収められているのが見える。石畳の上には作業台のようなもの、そして軽くお茶でもできそうな小さなテーブルと一対の椅子まである。さらにその向こうには森が広がっていた。

その明るく美しい庭に、リディアは目を輝かせた。ずっと眺めていたい風景だ。

と――花壇の一角に、見覚えのある色彩が見えた気がして、思わず目を凝らす。だが陽光を浴びた朝露の光のせいでだろうか、あるいは眩暈の名残でだろうか、あまりよく見えない。

「あの、お庭を近くで見せていただいてもいいですか？」

勢い込んで問うと、エルヴィンドは予想外のことを答えた。

「許可など必要ない。ここはお前の部屋なのだから」

「……え？」

「庭もすべてお前のものだ。……さあ」

リディアが立ち上がれるよう、エルヴィンドが手を差し出し、身体を支えてくれる。

なぜこんなに親切に介添えをしてくれるのだろう。なぜ、この部屋と庭がリディアのものなのだろう。

（あなたは、誰……？）

しかしそれを彼に問いかけてみることよりも、リディアの意識は今、庭の花壇に釘付《くぎづ》けになってしまっていた。

――あれは。花壇の一角に植えられた、あの草花は。

（間違いないわ、あれは）

胸が高揚する。頬が熱くなる。

リディアは思わず、エルヴィンドの腕の中から抜け出して、裸足《はだし》のまま石畳へと駆け出してしまっていた。今度はエルヴィンドもそれを止めなかった。

花壇いっぱいに咲き誇る美しい花々の中で、外界の空気を、陽光を身体いっぱいに浴びる草花たち。

傍に駆け寄り、屈み込む。

「……アイノ」

リディアの目に涙が浮かぶ。もう会えないと思っていたのに。

「ベッテにマイレ、それにヨエルも」

そこには屋根裏部屋でリディアが大切に育てていた薬草の鉢植えたちが、豊かな地面に植え替えられて、生き生きと咲いていたのだ。

エルヴィンドが傍に来て、リディアの隣に屈《かが》み込んだ。そしてアイノたちに手を伸ばし、優しく触れる。

「この花たちはお前の唯一の持ち物なのだろう。だからともに連れてきたのだ」

リディアは指先で涙を拭《ぬぐ》い、頭を下げる。

「ありがとうございます。一緒にあそこから助け出してくださるなんて」

「当然だ。お前は私の花嫁なのだから」

――花嫁。

そうだ。昨夜も彼はリディアのことをそう称したのだ。

リディアはエルヴィンドを見上げる。

その人間離れした透明な光を持つ金色の双眸。白銀の髪。

急に、目が覚めたようにリディアは思い出した。エルヴィンドというのが何者の名なのか。

その途端、じわじわと身体が震えてきた。

「せ、……聖獣様？　なのですか？」

エルヴィンドは頷《うなず》く。

リディアは思わず立ち上がり、一歩後退《あとずさ》ってしまう。

彼も立ち上がる。向かい合うと、まるで大自然そのものと向き合っているような畏怖《いふ》を感じる。

ごくりと唾《つば》を呑《の》み、続ける。

「し、神殿に祀《まつ》られていらっしゃるという……？」

アーレンバリの初代国王にお告げを与えた獅子《しし》、聖獣ファフニール。

今は人間の姿をして、神殿の傍の屋敷で暮らしているという。

神殿はヒェリ・バーリの真ん中に聳《そび》える丘の上にあり、傍には森が生い茂っていると本で読んだことがある。庭の向こうに広がっている森こそが、まさにその森だったということなのか。

聖獣が暮らす屋敷の一室で、何も知らず眠り込んでいたなんて。

呆然《ぼうぜん》と呟いたリディアに、しかしエルヴィンドはなぜか心外そうな顔をした。

「祀られているという、だと？」

「あ……はい。わたし、神殿に一度もお参りをしたことがなくて……その、あのお屋敷からずっと出たことがなかったので」

「一度もか？」

「はい。……ごめんなさい」

思わず謝ると、エルヴィンドは小さく溜息《ためいき》を吐いた。

「ご、ごめんなさい」

反射的にまた謝ってしまう。すると彼は首を横に振る。

「お前にではない。今までお前を見つけることのできなかった自分自身に呆《あき》れているのだ」

彼は視線をどこか遠くへ向けた。

「あんな者たちに囚《とら》われて、死の危機にまで瀕《ひん》していたのを見過ごしていたとはな。もっと早くお前を救い出すべきだったのに、すまなかった」

その言葉にさすがに慌ててしまう。リディアが死にかけていたのは断じて彼のせいではないのだから。

「あなたは悪くありません」

「いいや。妻を守るのが夫の務めだ」

本気でそう思っていそうな声音でそんなことを言われて、リディアはさらに困惑してしまった。

「わたし、どうして、その……聖獣様の花嫁に選ばれたのでしょう？　ご覧の通り、わたしはとても醜いのです。他にもっとお美しくて、あなたにぴったりの花嫁はきっとこの国にいくらでも……」

言いかけて、リディアは思わず言葉を止めた。

エルヴィンドが信じられないものを見る目でこちらを見つめていたからだ。

「……あの……？」

「お前は自分の姿を見たことがないのか？」

「はい。鏡を見ることは奥様から固く禁じられていて……」

「では、自分の顔も知らないと？」

「はい。ですが奥様からもお嬢様からも醜いと言われてきたので、そうなのだろうなと……」

エルヴィンドはまたしても大きな溜息を吐いた。

「……わかった。お前の部屋に鏡台が必要だと思っていたところだ。ついでに姿見も贈ろう」

「え？　あ、ありがとうございます……？」

自分以外の彼に相応《ふさわ》しい美しい花嫁を薦めるはずが、なぜか贈り物を二つももらう流れになってしまった。

「でも、やっぱりどなたかとお間違えなのでは」

リディアからすればまったく寝耳に水の話なのだ。ヨセフィンとリディアを取り違えていたと言われたほうがまだ納得できる。

エルヴィンドがこちらをまじまじと見つめている。信じられない、とその突き刺さるような目線が物語っている。

「私にはお前が間違いなく花嫁だという啓示があった。お前はそうではないのか？」

（……啓示）

さっきも彼はその言葉を口にした。だがその啓示というのが何なのか、リディアにはわからない。初代国王がそうであったように、自分が聖獣の花嫁だというお告げを夢の中で獅子から賜ることを指しているのだとしたら、まったく身に覚えがない。

何と答えればいいのかわからず黙り込むリディアに、エルヴィンドは小さく息を吐いた。

「……まぁいい。まずはしばらくの間は休んで、身体を快復させることを考えろ。聖獣の花嫁として、お前にはしてもらわねばならないことがあるのだから」

エルヴィンドは踵《きびす》を返し、先に部屋へ戻ろうとしている。

その背中に、リディアは心細く問いかける。

「ですが……わたし、本当にここにいていいのでしょうか？　ご迷惑なんじゃ……」

するとエルヴィンドが振り返った。彫刻のようなその顔は、表情もなくリディアを見返している。

それは何だか、さっきまでよりも冷たく、近寄りがたいものに見えた。

「掟《おきて》により、お前は花嫁に選ばれたのだ。私にはお前を庇護《ひご》する義務がある。――ただそれだけだ」

エルヴィンドが立ち去ってしまった後も、リディアはしばらくその場に立ち尽くしていた。

エルヴィンドに告げられた言葉が頭の中で反響する。

掟により選ばれた花嫁。

ひょっとすると神殿には聖獣の花嫁を定める掟があるのだろうか。

エルヴィンドはその掟に従って、リディアを助けてくれたということなのか。

掟があるために、本当はしたくもないことをさせてしまっているのではないか。

リディアは何だかその場から動くことができなかった。部屋に戻って、エルヴィンドを追いかけていって、夢に獅子が現れたことなど一度もないと告げるべきなのではないか。それとも一緒に神殿に行ってもらって、本当に人違いではないのかを確かめてもらうべきなのでは。

（わたし……本当に、ここにいてもいいの？）

本当に、生きていてもいいのだろうか。

オーケリエルムの屋敷で終わるはずだった人生の続きを、ここで再び得てしまっていいのだろうか。

悶々《もんもん》と考えていると、不意に声がかかった。

「ご主人ってほんと、言葉足らずなとこあるよなぁ」

幼い子どものような、甲高く小さな声だ。リディアは慌てて辺りを見回す。が、誰もいない。

「ここだよ、ここ」

また声がかかる。部屋のほうや、赤い屋根の小屋のほうまで覗《のぞ》き込んでみても、やはり誰の姿もない。

まだ朝なのに、背筋に薄ら寒いものが走る。すると今度は、スカートの裾《すそ》を誰かがつんつんと引っぱったような感覚があり、リディアは小さな悲鳴を上げて飛び退《の》いた。

そうすると足もとに、手のひらに載るほどの大きさの、小さなねずみのような、とても愛らしい生き物がいた。灰色のふわふわの毛並みに、お腹側の毛は白い。毛に覆われたピンク色の手足に、同じく毛に覆われた短い尻尾《しっぽ》が生えている。そのねずみのような生き物が二つの後ろ足で立って、黒いつぶらな瞳《ひとみ》でリディアを見上げているのだ。

リディアは思わず口もとで両手を合わせ、かわいい、と呟《つぶや》く。

するとそのねずみは、まるで人間のような仕草で腕組みをした。

「男にかわいいっていうのは褒め言葉じゃないぜ、お嬢さん」

「え？」

目と耳の錯覚だろうか。幼い子どものようなその声は、目の前のねずみから聞こえたような気がする。

「……やっぱり全部夢かしら？」

「ちょいちょいちょい、夢じゃないってば」

ねずみは今度は四つ足で、ちょこちょことリディアにさらに近寄ってきた。リディアが屈《かが》み込んで手を差し出してみると、ねずみは人懐っこく手のひらに載ってくる。

「おれはケビ。人間にわかりやすいように言うと、この屋敷の守り木に宿る妖精《ようせい》って感じかな」

「守り木？」

「うん。部屋の中に木が巡ってるの、見ただろ？」

リディアが頷《うなず》くと、ケビと名乗ったねずみは手のひらの上で胸を反らしてみせる。

「あれがおれたちなんだ。聖獣ファフニールの眷属《けんぞく》ってやつなんだぜ。守り木ってのは屋敷そのものでもあって、つまりこの屋敷がおれたちなんだ」

「たち？」

ケビの説明はリディアには要領を得ないが、理解できた部分だけを掻《か》い摘《つ》まむと、要は似た妖精たちが他にもいるということだろうか。

するとまた、スカートの裾をくいくいと引っぱられる。見ると今度は、ケビにとてもよく似た、だが一回り大きなねずみがこちらを見上げている。お腹も含めた全身がクリーム色の柔らかそうな毛並みで、手足はやはり可愛らしいピンク色だ。ほっそりとしたケビよりも幾分ずんぐりして見える。両の前足を挙げた姿は、サイズの大きな服を着た赤ん坊のようだ。

「ぼくも、ぼくもぉ」

その姿の愛らしさに、リディアは堪《たま》らずそのねずみも手のひらに載せてみる。クリーム色のねずみはケビに団子のようにくっついて、リディアに挨拶《あいさつ》した。

「ぼくはロキ。ケビの仲間だよ」

「わぁ、守り木に宿る妖精さんって、みんなとってもかわいいのね。……あっ、ごめんなさい」

するとロキは照れたようにのんびりと笑う。

「いいよぉ。ぼくはかわいいって言われるの、嫌いじゃないよ」

「お前はほんと愛想のいい奴だな」

ケビが呆《あき》れたようにロキを小突く。仲が良いのが見て取れる微笑ましさだ。

「ぼくらの他にもたくさんいるよ。例えばね、西側のお庭にいるミアとニナとテアは三つ子の女の子で……」

話が長くなりそうなロキの口を、ケビがピンク色の前足で塞《ふさ》いで遮る。

「そんなことはいいからさ、えーっと……お嬢さん、名前何だっけ？」

「あ、ごめんなさい。リディアです」

「それじゃリディア。ちょっとさ、アイノのほう見てみてよ」

え、とリディアは瞠目《どうもく》する。なぜケビはアイノという名前を知っているのだろう。

二匹のねずみ妖精を手のひらに載せたまま、言われた通りにアイノの傍に近づいてみる。するとその葉の陰で何かが動いたように見えた。

ケビがリディアに耳打ちする。

「新しく来た子たちの中で、アイノは特に力が強かったんだ。だからもともと花に宿ってた妖精が、すぐに人間にも姿が見えるようになれたんだぜ」

ロキがアイノに呼びかける。

「ほらアイノ、リディアに姿を見せてあげなよぉ」

まさか、と目を輝かせるリディアの視線の先で、葉の下から、また一匹のねずみが顔を出す。今度はケビの毛の色を更に濃く灰褐色にしたような姿だ。ケビよりも全体的に丸い印象である。

「……アイノ、なの？」

するとそのねずみは嬉《うれ》しそうにぱっと顔を輝かせた。ねずみの顔なのにそれがわかるほどにだ。

「あたし、アイノだよ、リディア。いつもあたしたちを大事にしてくれてありがとう。ずっとそれを伝えたかったの」

リディアはケビとロキを石畳の上に放し、恐る恐るアイノを両手で掬《すく》う。アイノはくすぐったそうに、リディアの手のひらの匂いを嗅《か》ぐような仕草をした。

その柔らかい毛並みに、リディアは思わず頬をすり寄せる。

「お礼を言うのはわたしのほうよ、アイノ。いつもわたしを慰めてくれてありがとう。あなたたちのお陰で、わたしはあのお屋敷でもがんばって生きてこられたの」

「あたし、リディアを助けられなかったの、とっても歯がゆかった」

「ううん、そんなことない。何度も助けてもらったわ」

リディアはアイノを抱いたまま、屋根裏部屋からやってきた他の植物たちを見やる。

「他の子たちは、まだあなたみたいな姿をわたしには見ることはできないのね？」

「うん、そうみたい。残念だな、みんなリディアと話したがってるのに。あそこにいるんだよ、ほら」

アイノは前足で花壇を指し示すが、残念ながらリディアには植物以外のものは見えなかった。

するとケビが横から補足してくれる。

「ベッテとマイレは、そうだな、一年ぐらいここの土にいてお日様を浴びれば、リディアにも見えるようになると思うぜ。ヨエルは少し身体が弱いからもうちょっとかかるかもなぁ。まぁでも心配しなくても大丈夫さ。時間はかかっても、いつかは絶対見えるようになるから」

心強く、こちらを前向きにさせてくれるような言い方だ。ケビはもしかしたら、この屋敷の植物に宿る妖精たちのリーダーなのかもしれない。

「妖精が人間に見えるようになるためには、結構な労力が必要なんだ。おれたちの役目は自分が宿ったものを守ることだから、そっちに労力を割くのが最優先になるってわけさ」

「なるほど、だから他の妖精たちの姿は見えないのね。自分が宿っている花や木を守ることに力を注いでいるから」

「そう。ぼくとケビは、守り木の妖精の中で一番力が強いんだよ。だからこうして自由にリディアの前に姿を現わすことができるんだ」

その誇らしげで嬉しそうな姿に、ふふ、とリディアは思わず笑った。しかしねずみ妖精たちの愛らしさに癒《いや》されたのも束の間、リディアの表情はすぐに曇る。

「……でもヨエルたちと話せるようになるまで、わたし、ここにいられないかもしれないわ」

「え？　どうして？」

アイノが丸い目を更にまん丸にする。

だって、とリディアは沈んだ声音で続ける。

「わたし、自分が聖獣様の花嫁だなんてどうしても思えないんだもの。近いうちに人違いだってことがわかって、きっとここを追い出されると思う」

するとケビとロキが顔を見合わせた。そしてケビが首を横に振る。

「それはありえないよ。だって聖獣《おれ》の眷属《たち》の姿を見て、言葉を交わせるってことは──

──」

ケビはそこで言葉を止めた。ケビもロキも、そしてアイノも、リディアから微妙に外れたところを見ている。

リディアが彼らの視線を追って振り向くと、そこにエルヴィンドが立っていた。

エルヴィンドは驚いた顔で、リディアと妖精たちとを交互に見ている。

「あ……聖獣様」

リディアが立ち上がると同時、彼はこちらに足早に歩み寄ってきた。

「妖精たちと話せるのか」

「え？　ええと」

「話せるんだな？　姿も見えているのか？」

「は、はい。とってもかわいいねずみの姿を……」

またかわいいと口走ってしまってから、リディアは慌てて口を押さえ、ケビに目配せする。ケビは人間のような仕草で「やれやれ」と首を横に振っている。

エルヴィンドはリディアを見つめている。その金色の瞳《ひとみ》からは、リディアにはやはり何も読み取れない。

しかしその足もとではケビとロキが、エルヴィンドの靴にまるで人間が肘《ひじ》で「うりうり」とするような仕草をしている。アイノはアイノで、夢の王子様でも見ているようなうっとりとした顔でエルヴィンドを見上げている。妖精たちは随分と、聖獣との距離感が近いようだ。

何も言わなくなってしまったエルヴィンドに、リディアは小首を傾げる。

「あの……何かご用があっていらしたんじゃ」

するとエルヴィンドは思い出したように部屋のほうを示した。

「鏡台と姿見を手配した。お前の望む場所に置くから、置き場所を指示してくれ」

「え？　もうですか？」

鏡の話をしたのはついさっきなのに。

驚くリディアに、彼は更に告げた。

「あとは……お前の体調次第ではあるが、神殿に婚姻の報告に行きたいのだ」

リディアは更に驚いてしまった。まさか話がそこまで急に進むとは思っていなかったのだ。

「お、お待ちください。でもわたし……」

「正式な婚姻の日取りはまだ先だから心配しなくていい。儀式に関わることは掟《おきて》に則《のっと》って決めねばならないからな。身近な者たちに、ついに花嫁と出会えたのだと報《しら》せに行くだけだ」

それはそれで余計に緊張する事態ではないのか。要は事務的な報告ではなく、祝い事を身内に等しい者たちに報せに行くということでは。

「今日これからすぐに、というわけではない。無論もう数日身体を休めてからでいい。ただだ」

言ってエルヴィンドは、リディアを上から下までざっと眺めた。

「その格好では、私が花嫁を虐《しいた》げていると誤解されてしまいそうだ」

言われてリディアはようやく、自分がオーケリエルム家で着用していたぼろぼろの下級使用人の姿のままであることを思い出す。確かにこんなみすぼらしい姿で人前に出てしまったら、リディアはいいがエルヴィンドに申し訳なさすぎる。

エルヴィンドはリディアの手を取り、やはり介添えをするようにその手を引いた。

「お前に似合いそうな服をいくつか見繕ってある。気に入ったものがあれば着てみてほしい」

エルヴィンドに出会った昨夜からまだ半日も経っていないというのに、リディアは自分の運命が、何か大きな力で動かされていると感じていた。

リディア本人は、どこか置いてけぼりを食らっているみたいな感覚だ。自分の与《あずか》り知らぬところですべての話が進んでしまっているような。

カウチやテーブルの上にまでずらりと並べられた、高価そうな新品のドレスやブラウス、スカートや靴の箱を見て、リディアはまずそのあまりの量に面食らった。リディアと同じ年頃の娘が持つ衣類としてはまだ少ないぐらいなのだが、洗い替え用のものと二着で回していたリディアにとってはこれでも十分圧倒的な物量なのだ。

だからベッドの傍に立つ少年に気付くのにやや遅れてしまった。白いお仕着せが白い部屋に完全に溶け込んでしまっていたせいでもある。

一瞬、おばけかと思ってどきりとしてしまう。以前にもこんなことがあったなと思うよりも先に、少年の顔に間違いなく見覚えがあることに気付いた。

リディアは思わず彼に駆け寄る。

「あなた、前に公園で――」

言いかけて、口止めしていたのは自分のほうだと思い出し、慌てて口を噤《つぐ》む。

お仕着せの少年は、リディアとエルヴィンドを交互に見た。そしてこちらに向かって深々と頭を下げる。

「その節はありがとうございました」

「い、いえ、その……」

少年は顔を上げ、今度はエルヴィンドを窺《うかが》うように見上げる。

「過日、僕が獣用の罠《わな》にかかったところを助けてくださった方です。もう言っても構いませんね」

と、最後の部分はリディアに向かって問いかけてくる。

エルヴィンドは頷《うなず》き、どうすればいいかわからないという顔をしているリディアのほうへ向き直った。

「お前が私の従者を助けてくれていたのだな。遅くなったが礼を言う」

「いえ、わたしは大したことは……」

「手を傷だらけにして罠を外してくださったばかりか、衣服を破いて手当てをし、薬までくださいました」

「で、ですから、わたしは……」

「わかった。既に承知しているだろうが、私の花嫁がこの屋敷で何一つ不自由しないよう取り計らうのだ。花嫁であるばかりか従者の恩人であることまで発覚したのだから」

「心得ております」

「あ、あの……」

リディアは何だか半泣きになってしまった。少年がリディアとの約束を守って己の主人にも今まで口外せずにいてくれたことにも、その主人が聖獣エルヴィンドであることにも驚いて、――その上こんなにも感謝されて、話は自分を置いてどんどん進んでいくし、何を言えばいいのかわからない。

少年は改めてリディアに向き直り、折り目正しく一礼した。

「申し遅れました。僕はノア。この屋敷の大体のことを取り仕切っています」

「え、ええと……リディアと申します。よろしくお願いします、ノアさん」

「どうぞお気軽に、ノア、と。僕には敬語も不要です」

「は、はい。……あっ」

リディアは口もとを押さえた。自分よりも年下の少年だというのに、どうも畏《かしこ》まってしまう。

ノアはそれ以上突っ込んでくる様子もなく、てきぱきと靴を箱から出して床に広げ始めた。

「服や小物は参考までにここに並べておきますので、ご体調の良いときにでも試着してみてください」

「あ……わたし、今からでも大丈夫です」

「それはいけません。まだ目覚められたばかりですし」

でも、とリディアは首を傾げる。ノアの言い方が何だか大げさに聞こえたのだ。

「ひと晩ぐっすり眠ったので、今とても体調がいいんです。だから」

そう言って新品のブラウスに伸ばそうとした手を、横合いからエルヴィンドの手が止めてきた。まさか彼が止めるとは思わなかったので少し驚いて見上げると、彼のほうこそ驚いた顔をしてリディアを見ている。

「お前、一体何を言っている？」

「え？　何を、というのは……？」

「この屋敷にお前を連れてきたのは三日前だ。お前は三日三晩眠り続けていたんだぞ」

「――え？」

よくよく話を聞いてみると、リディアはあの夜意識を失った後から今朝まで昏睡《こんすい》状態だったらしい。

この屋敷には女性の使用人がいないので、リディアが眠っている間、雌の妖精《ようせい》たちがリディアの身体を拭《ふ》いたり、髪を梳《と》かしたりして清潔に保ってくれていたそうだ。

その後リディアはすぐに浴室を借りて身体を清めた。そしてやはりまだ病み上がりのせいか、長く起きていると眩暈《めまい》がし始めたので、衣類の試着は後回しにして再びベッドに入った。

オーケリエルムの屋敷ではありえなかった柔らかい感触のシーツに包まれていると、やはり何もかもが夢ではないかと思えてくる。

庭から入ってくるいい香りのする心地好《よ》い風を浴びながら、うつらうつらと微睡《まどろ》む。

夢うつつに、――もしかして、と思う。

（わたし……この場所で、生きる意味を探してもいいのかしら。わたしが生きている理由を、もう一度見つけるために、ここでがんばってもいいのかしら）

もし自分が本当に聖獣の花嫁なのだとしたら、きっとそこには普通の人間にはない、何らかの重大な責任や役割が伴うはずだ。

ケビたちが、この屋敷を守ることが自分たちの役割だと言っていたように。

（わたしにも……何かできることがあるということ？）

どんな理由であれ、エルヴィンドはリディアをあの場所から助け出してくれた。

その彼の恩に報いる術《すべ》が、自分に見つけられるだろうか。

そんなことを考えながら、リディアは眠りに落ちた。

＊＊＊

そのまま数日間寝たり起きたりを繰り返したリディアは、庭で太陽の光を大いに浴びて散歩したり、人生で初めての栄養たっぷりで量も十分な食事を日に三度、加えてお茶の時間まで取らせてもらえたこともあり、みるみる快方に向かった。自分で手で触れてもわかるほどだった、げっそりとこけていた頬までも、何だかましになっている気がする。

その間、エルヴィンドが用意してくれていた衣類のうち、リディアが着ていたのは寝間着と、何着かの普段着だった。比較的手に取りやすい素材とデザインのブラウスや、丈の長いスカートだ。今朝リディアが手に取ったのは、胸もとにタックの入った生成りのブラウスと、控えめな小花柄のロングスカートである。どちらも上等な生地で、普段ならば手に取るのも憚《はばか》られるほど高価そうに見えたが、他に選択肢がないので仕方がない。他の服は更に輪を掛けて高価そうなのだ。

エルヴィンドが用意してくれた鏡台と姿見は、まだ鏡面に新品のカバーを掛けられたまま、一度も見ていない。

今朝もいつものように手の感覚だけで身なりを整えると、リディアは部屋を出た。エルヴィンドはいつも、食事を中庭で取ると聞いていたからだ。昨日まではノアがリディアの部屋まで養生に効果のありそうな食事を運んできてくれたから、それを一人で食べていた。けれど今朝からは、エルヴィンドが許してくれさえすれば同席させてもらおうと考えていた。この数日、エルヴィンドはリディアの体調を慮《おもんぱか》ってか、たまに様子を見に来るだけで、あまり話す機会がなかったのだ。

（聖獣様って、どんな方なのかしら）

今までの彼への印象は、本当は獅子《しし》の姿をした人間ではない生き物なのだと言われても、俄《にわか》には信じがたいほどに、普通の人間のような面も持っている――が、それと同時に、人間ではあり得ないような威光めいたものも併せ持っている。リディアはそう感じている。

花嫁を庇護《ひご》するという義務があると彼は言っていた。それは恐らくは掟《おきて》によるもので、彼自身の意思は本来ならば介在しないのかもしれない。

けれども彼は、リディアが大切にしていた鉢植えたちを、リディアが何も言わずとも一緒にここへ連れてきてくれた。

それにここで出会ったあの愛らしい妖精たちは、彼をとても慕っているように見えた。

(悪い方ではないわ。それは絶対に)

少年聖者にお告げを与えて、こんなに豊かな国を作るきっかけを作ったその聖獣が、悪い存在なはずがない。

では、エルヴィンド個人は、一体どういう人物なのだろう?

まだリディアには、彼の、ヒェリ・バーリの貴人としての顔しか見えていない。慈愛を注ぐ対象として人間を愛してくれてはいるようだけれども、そこには掟や義務という少し冷たい面も同時に存在する。

エルヴィンドのほうもきっと、リディアがどんな人間なのかをまだ知らないはずだ。

千五百年もの長い間探し続けた、その末に出会うに果たして相応《ふさわ》しい花嫁なのかどうか。

（……そうだわ。聖獣様って、千五百年も生きてるんだ）

外見だけならリディアよりもいくつか歳上という程度に見える。人間で言えば、二十代半ばから後半といったところか。

千五百年という年月は永遠ではない。ではないが、永遠にも等しい、途方に暮れるほどに長い時間だ。

それも、見つかるかどうかもわからないものを探し続けるには、あまりに途方もない時間。

この屋敷で数日暮らしてみてわかったのは、ここで働く人間はどうやらノア一人だということだ。

たった一人の従者とともに、広い屋敷で暮らす。

ノアが生まれる前まではきっと別の従者と。その前はまた別の従者と。

そうして千五百年もの時間、出会いと別れを繰り返して生きてきたのだとしたら。

「……聖獣様、寂しくはなかったのかしら……」

リディアは思わず、ぽつりとそう呟《つぶや》いた。

小さな自分のその声もまた、リディアにはとても寂しげに聞こえた。

広い屋敷の家政を一人の少年が取り仕切っているというのは、普通に考えれば非現実的だ。けれどこの屋敷においては、もっと非現実的なことが端々に存在している。

　リディアは自室として宛《あて》がわれている部屋から、この数日の間にすっかり見慣れた廊下に出た。廊下もリディアの部屋と同様、白を基調にした内装で、昼間の木陰のように静かで明るい。木陰のよう、という印象を与える所以《ゆえん》は何も明かりの心地好さだけではない。これもまたリディアの部屋の中と同様に、廊下から他の部屋の中から、屋敷の中の至るところに件《くだん》の守り木の幹や枝葉、根が縦横無尽に張り巡らされているためだ。

　そしてその枝や葉の上を、ねずみ妖精たちがちょろちょろと行き来しているのが、この屋敷の中では当たり前の光景だった。それはケビやロキであることもあるし、そうでないこともある。見かけるときには一度の移動につき一匹か二匹というところだが、実際にはリディアの目に見えているよりも多くの妖精たちが行き来しているのだろう。

　アイノたちはまだリディアの部屋の庭からは動けないそうだ。妖精というものは基本的には自分が宿っているものからあまり遠くまで離れることはできないらしい。ケビやロキが建物の外に出ることができるのは、それだけ妖精として長く生きていて、力を蓄えているからだという。

　ちなみにその力というのは頬袋に溜《た》めるのだとロキが言っていた。が、直後にケビに頭をぺちりと叩《たた》かれていたので、もしかするとねずみ妖精なりのジョークかもしれない。

　廊下を歩いていくと、何匹かのねずみ妖精たちとすれ違う。何度か顔を合わせていて気軽に挨拶《あいさつ》してくれる者もいれば、警戒心が強くサッと葉の陰に隠れてしまう者もいる。

実際の動物と同様に、妖精《ようせい》も個体によって性格が違うそうだ。

「おはよう、リディア」

中庭に向かう途中、ケビが守り木を伝ってリディアの目線の高さまで上り、挨拶してくれる。

「ケビ、おはよう」

「今日から中庭で朝飯食うんだって？」

「どうして知ってるの？」

「ご主人がノア坊に話してるのを聞いたんだ。今日から二人分の食事を中庭に用意しろって」

どうやらこの屋敷でのやり取りは、妖精たちには筒抜けのようだ。

「中庭までの道のりはわかるか？　っていうか心配だから案内してやるよ」

「ありがとう」

ケビの先導で、リディアは廊下を進んでいく。

廊下には浅い側溝のようなものが掘られていて、そこに澄んだ水が流れている。人工の小川のようなものだ。聞けばこれもまた、屋敷を守る不思議な力の一つらしい。

建物の中に自然に近いものがあればあるほど、聖獣は力を発揮できるのだそうだ。

知れば知るほどに、聖獣を取り巻く環境というのはとても不思議だった。

「聖獣ってのは人間とは全然違う理《ことわり》に従って生きてるからな。リディアから見たら不思議に思えるかもな」

ケビは屋敷内で出会うたびに、世間話交じりにいろいろなことをリディアに教えてくれる。

「まぁでも、独身男性の住まいとしちゃ、なかなか高レベルだと思うぜ」

その言い回しが妙に俗っぽく人間くさくて、リディアはくすっと笑ってしまった。

中庭は等間隔に並んだ柱が続く回廊に四方を囲まれている。回廊へと続く扉の何ヶ所かはいつも開け放たれていて、基本的にこの屋敷はどこも風の通りがいい印象だ。リディアの部屋然《しか》り。

「さあ、着いたぜ。昼は自力で来られそうか？」

「ええ、大丈夫よ。ありがとう」

手を振ってみると、ケビはピンク色の前足を振り返してくれる。そうしてもと来た道をちょろちょろと戻っていくのを見送ってから、リディアは扉から回廊に出てみた。

回廊はやはり木陰のように涼しいが、その先の中庭は陽光を四角く切り取ったように明るく照らされている。一部は石畳、一部は芝生、一部は植栽で、それらが絶妙なバランスで配置されておりとても美しい。建物の中を巡るあの人工の小川は中庭へと続いていて、真ん中の小さな池に流れ込んでいる。池の中心には噴水まであって、水の粒が陽光を反射して煌《きら》めいていた。池の中では小鳥たちが気持ちよさそうに水浴びをしている。植栽部分には色とりどりの花が咲いていて、そこにも蜜《みつ》や実を求める小鳥たちが集まっている。

この世の楽園のようなその景色に、わあ、とリディアは顔を輝かせ、思わず中庭に駆け出した。

守り木の枝が建物から回廊へ、そして中庭へと張り出し、中空で屋根のように折り重なっている一角がある。まるで天然のガゼボだ。

その下にはテーブルと椅子が一対置かれていて、そこにエルヴィンドと、傍に控えるノアの姿があった。

テーブルの上にはおいしそうな朝食が用意されている。マッシュポテトが詰まったライ麦のパイに、付け合わせのエッグバター。様々な種類の新鮮な野菜。瓶の中の紅茶にはベリーやオレンジなどの果物が入っている。

この数日、病人食であるオーツ麦の粥《かゆ》や野菜スープで過ごしていたリディアには――無論それも十分なご馳走《ちそう》だったのだが――贅沢《ぜいたく》すぎる食卓に映った。

エルヴィンドは立ち上がり、リディアを席までエスコートしてくれる。そんな扱いを受けたことなど人生で一度もなかったので、座るタイミングがわからずどぎまぎしてしまう。

枝葉の間から差し込む朝の明るい陽光の下にいる彼は、聖獣という名の通りに、何か聖なるもののように見える。白銀の髪が光に融《と》けてしまいそうに見えるからだろうか。

「よく眠れたか。私の花嫁」

思いもよらない呼び方をされて、ついどもってしまった。

エルヴィンドは視線を池のほうへ向ける。

「小鳥が好きか」

「はい。オーケリエルムのお屋敷にいた頃も、庭仕事をしながらよく眺めていました」

「そうか。道理で笑顔だったわけだ」

リディアはきょとんとしてしまう。

「わたし、笑っていましたか？」

「自覚がなかったのか？」

「はい。奥様から、わたしの笑顔は不愉快だと言われていたので、努めて人前で笑わないように……あの、不快にさせてしまっていたらごめんなさい。醜いわたしが笑うなんて」

エルヴィンドは少し眉《まゆ》を顰《ひそ》めた。

「お前の部屋に鏡を置いたと思っていたんだが」

「あ……実は、その……」

せっかくくれたものに対して、何日もカバーをかけたまま一度も使っていないとは何となく言い出しにくかった。

ノアがリディアの皿にパイや野菜を取り分け、紅茶を注いでくれる。手持ち無沙汰《ぶさた》にその挙動を見るでもなく見ているることしかできない。

エルヴィンドは小さく嘆息した。

「わかった。後で一緒に見に行こう」

「え？　ですが……」

「今日は屋敷の外に出るのだ。神殿の者たちと会うのだから、身支度は必要だろう」

言われて俄《にわか》に緊張する。近いうちに神殿に婚姻の報告をしに行くと確かに言われていた。それが今日だということだ。リディアの体調はもうすっかりよくなったから、その点については問題ないのだけれど。

「き、緊張しますね」

素直にそう言ってみた。エルヴィンドがあまりにこちらをじっと見つめているので、何か話さなければと追い立てられているような気分に勝手になってしまったからだ。

「鏡を見ることがか？　それとも神殿に行くことがか」

「ええと……どちらも、です」

でも、とリディアはノアに促されるままにナイフとフォークを手に取る。

「がんばります。それがわたしのお役目に繫《つな》がるのなら」

「役目だと？」

「はい。聖獣様の花嫁というのが、わたしに与えられたお役目なのですよね」

ヒェリ・バーリの党首とも呼ぶべき相手に嫁ぐというからには、それ相応の働きが求められるはずだ。その働きの担い手として選ばれたというのなら、リディアにできることといえば、その役目を立派に果たすことだけ。

「わたしに何ができるのかはわかりませんが、精一杯努めます。このお屋敷を守るケビやロキや、他の妖精たちみたいに」

その言葉に、こちらを見つめるエルヴィンドの眼差《まなざ》しがほんの少し緩んだ。

「ケビたちとそういう話をしたのか」

「いいえ、ただ彼らの姿を見ていてそう思ったのです。でもみんなわたしにいろんなことを教えてくれます。お屋敷の中の人工の小川は水の妖精たちによってきれいな水質に保たれているとか、守り木は妖精たちが宿る限りは枯れることはないとか」

「あれらとは長い付き合いだ。いつも同じ顔ばかり見飽きていたから、新しい話し相手ができて嬉《うれ》しいのだろう」

「ケビたちもそう言ってくれました。まだわたしが姿を見られない妖精たちも、おしゃべりの順番待ちをしてくれているって」

リディアは一口大に切ったパイを口に入れて、咀嚼《そしやく》してみる。ライ麦の香ばしさと生クリームたっぷりのマッシュポテトの滑らかさが口いっぱいに広がる。

「おいしい……」

「お口に合いましたようで何よりです」

傍に控えていたノアがそう言って目礼した。

「わたし、お屋敷の家事を手伝わせてもらおうと思っていたんですけど、お料理ではお役に立てそうもないですね。ノアさんがこんなにお料理上手だなんて」

リディアも長年オーケリエルムの屋敷で三度の食事を作り続けてきたから、経験だけはあると自負していたのだけれど。

するとノアは少し目を丸くした。

あれ、とリディアは首を傾げる。

「ノアさんが作ったんじゃないんですか？　このお屋敷で働いている人はノアさんだけだって……」

「材料の手配は僕がしていますが、料理は屋敷に任せています」

丁寧に答えてくれたが、絶妙に意味がわからない回答だった。

リディアがますます首を傾げると、ノアは、ああ、と頷《うなず》いた。

「ご説明するのをすっかり失念していました。この屋敷自体も聖獣の眷属《けんぞく》なので、材料さえ揃えておけば、あとは屋敷の厨房《ちゅうぼう》が勝手に料理してくれるんです」

「……？　お料理を？　勝手に？」

「はい」

当然のことのように説明されるが、リディアの疑問符は増えていく一方だ。

「……ケビやロキみたいな妖精《ようせい》たちがお料理をしてくれるとか、そういうことですか？」

「いいえ。そうですね、人間にわかりやすく説明すると、屋敷自体もまた大きな妖精のようなものだと思っていただければと」

ノアは人間だと言っていたはずだけれど、まるで人間ではないものの視点から説明するような物言いだった。この不思議な屋敷で暮らしていると、普通の人間でもそうなっていくのかもしれない。リディアもここで暮らすうちにそんなふうに変わっていくのだろうか。

リディアは一旦《いったん》、理屈で理解することを諦《あきら》めた。不思議なことが当たり前に起こる場所なのだ、これればかりは追々慣れていくしかない気がする。

しかしだからこそ、リディアは途方に暮れてフォークを持つ手を止めてしまった。

「お屋敷そのものが生きているのだとしたら、お料理だけじゃなくて、お掃除やお洗濯も人の手ではないということ……ですよね」

「はい。仰《おつしや》る通りです」

「……わたしがお手伝いできることは、何もない、ってことですよね」

リディアは今までの人生で、家政以外のことをやってこなかったのだ。それ以外に自分が役に立てるような、技術や能力のようなものを何も持たないのである。

(これじゃ、わたし……)

ここでの存在価値がないと、早々に見限られてしまうのではないか。

この屋敷で暮らす価値がないと。——生きている価値がないと。

急に不安に襲われ、とうとうフォークを置いてしまう。

するとエルヴィンドが、テーブルの上に所在なく置かれていたリディアの手に、自分の手を重ねてきた。それは何となく、人が誰かを慰めるというよりは、オーケリエルムの屋敷の近所に住んでいた野良猫がたまに屋敷の裏庭に入り込んできて、リディアに気まぐれに触れていった姿を思い出させる仕草だった。

「言っただろう、お前には花嫁として成してもらいたいことがあると。お前の言葉を借りるなら、それがお前の役目と言えるだろう。我々の言葉では、それを使命と呼ぶ」

「使命……」

思いがけず重たい言葉だ。役目などよりもよほど。

息を吞《の》むリディアに、しかしエルヴィンドは少し目を伏せる。

「お前には負担を強いることになる。だからその使命を果たすかどうかは、今はまだ決めなくていい。私としては、お前がその使命を引き受けてくれるならば、この上なく嬉しく思う」

「聖獣様……」

その使命がどんなものなのか、今はまだ、彼はリディアに告げる気はないようだ。

だが傍に控えるノアが、どこか気遣わしげな表情でエルヴィンドを見つめている。きっとエルヴィンド本人の言葉通り、リディアがそれを果たすことが、彼らにとって良い結果をもたらすような類《たぐ》いのものなのだろうと思う。

「お前の望みは何だ。私の花嫁」

急に問われて、リディアは目を瞬《しばたた》かせる。

望みと言われても、ぱっとは思いつかない。やりたいことも、欲しいものも。

ふと、リディアは自分の手に重なるエルヴィンドの手に視線を落とした。リディアの手よりも大きく、指も長くて骨張っている。単に痩《や》せぎすで骨が浮いているだけの、傷《きず》痕《あと》だらけの自分の手とは違う。人の美醜がわからないリディアの目にも、崇拝される対象が持つに相応《ふさわ》しい手だと思える。

千五百年もの長い時を生きてきてなお、傷ひとつないように見える、その手。

彼は今日までどんなふうに生きてきたのだろう。どんなことを考え、どのように人と接して、あるいは人を避けて、人とともにこの地で暮らしているのだろう。

「わたし……あなたのことを知りたいです、聖獣様」

リディアはエルヴィンドをまっすぐに見つめ、告げた。

口に出してみれば、それが今の自分が一番やりたいことなのだと、自分でも妙に腑《ふ》に落ちた。

「あなたを知ることが、わたし自身のお役目を……そしてわたし自身を知ることになるようにも思うのです。お役目を果たすために、きっとそれは必要な工程なのでしょう。けれどそれだけじゃなくて、ただ、あなたという人がどんな人なのか、それを知りたいです。一人の人間として」

エルヴィンドが驚いたように、目を見開いてリディアを見つめ返してきている。金色の双眸《そうぼう》が煌《きら》めいている。まるで朝日をそのまま写し取ったみたいに。

　リディアは、あ、と慌てて口を押さえた。

「ええと、人間というのは語弊が……聖獣様ではあるのですけど、人間の姿をされているので、わたしにとっては同じ人間のように、あっ、同じというのは、醜いわたしが言うのはおこがましいですが、その……」

「わかっている。そんなに畏《おそ》れなくていい」

　エルヴィンドはリディアの手を取ったまま立ち上がった。自然、リディアも促されて立ち上がる形になる。

　ノアは心得たように一礼した。エルヴィンドは少年に一つ頷き、リディアの手を引く。

「食事よりも、まずは鏡を先にしたほうがいいようだ。お前の真実の姿を、ともに見に行こう」

　エルヴィンドに手を引かれるまま、リディアはただ彼の後をついて屋敷の廊下を歩く。

　さっきケビと一緒に来た道をそのまま帰っているだけなのだが、不思議と何だか景色が違って見えた。

　リディアの部屋に戻ると、彼はリディアの手を離し、今度は腰を抱くようにして前へと押し出してきた。そんなことをしなくても逃げたりしないのに、と思う。

　改めて部屋の中を見渡してみると、つい数日前まで顔も知らなかった相手に与えるにはもったいないほどの部屋だと思う。それほど彼が花嫁の出現を心待ちにしていた証左でもあるのだろう。だから余計に、リディアにはその花嫁が自分であるというのが申し訳なく感じる。

カバーが掛けられたままの姿見の前に立つと、その思いはますます強くなった。

背筋の強《こわ》ばりを手のひらを通して感じ取ったのだろう、エルヴィンドが気遣わしげに問いかけてくる。

「緊張しているのか」

リディアは頷いた。

実の家族から罵《ののし》られ続けるほど自分が醜いという、その現実を、自分の目で見なければならないというのは怖い。

見るも無惨な化け物がそこには映っていて、リディアを見つめ返してくるかもしれない。

エルヴィンドは鏡を覆う布に手を掛けた。そして告げてくる。

「己が何者であるのか、決めるのは己自身だ。他の誰かでも、その誰かが投げかけた言葉でもなく」

リディアは思わずエルヴィンドの顔を見つめる。

彼は長い時を見つめ続けてきたその金色の瞳《ひとみ》で、リディアを見つめ返した。

「私が夢の中で『お前は王だ』とたとえ一万回告げようとも、その者が王たるかはその者自身が決めること。お前が醜いかどうかを決めるのは、この世でお前ただ一人だ」

（誰かが投げかけた言葉ではなく、わたし自身で……）

鏡とリディアとを隔てていた布が、完全に取り払われる。

そこには、知らない娘が映っていた。

ぎすぎすに痩せた、小柄で骨張った身体。肌はほとんど日を浴びずに生きてきたせいで病的に白い。

しかしそれらの不健康な要素を考慮に入れなければ、その容貌《ようぼう》はとても、ヨセフィンに似ているように見えた。

少し違って見えるのは、きっと髪の色のせいだ。アーレンバリを含む北方の国々では、土着民族の色である金色の髪が多く見られる。ノアの髪の色がまさにそれだ。そこに南方や西方からの移民の色である黒髪が混じって、今では灰茶色の髪を持つ者も少なくはない。

イサベレもヨセフィンも、髪の色は艶《つや》やかな黒である。リディアは自分の髪が灰茶色であることはもちろん知っていた。鏡を見ずとも見えるからだ。だがヨセフィンによく似た顔に、ヨセフィンとは違う髪の色が合わさっているというのは、何だか妙な気分だった。

もっと妙に思えたのは、化粧ひとつしたことのない自分の顔が、化粧をした後のヨセフィンの顔のほうに似ているという点だった。丸く大きな目に、何かを塗ったような長く濃い睫毛《まつげ》。唇は紅を引いたように赤みが差している。

リディアには人の顔の美醜はよくわからない。わからないが、あんなにも酷《ひど》く虐《しいた》げられなければならないほど化け物じみて醜いようには、到底思えなかった。

だって、他ならないヨセフィンに似ていると、リディア自身でさえ思うのだから。

「どうだ。初めて見た自分の姿は」

エルヴィンドがなぜか、少し誇らしげな口調でそう言った。

リディアは鏡を見つめたまま、うわごとのように呟《つぶや》く。

「ちゃんと……普通の、人の姿をしています」

「……普通だと？」

「はい」

リディアはエルヴィンドを見上げる。なぜか彼は片眉《かたまゆ》を上げて、驚いたような、呆《あき》れたような顔をしている。

「わたし、今まで鏡を見たことがなかったのは、もちろん奥様から言いつけられていたのが一番ですが、その……実は、鏡の中に恐ろしいものが映っていると思い知るのが怖かったからなのです。でも、想像していたような恐ろしい姿じゃありませんでした。普通の、他の皆さんと同じ、人の姿です」

少し熱のこもった口調でそう言い募る。

リディアが、自分がここにいていい人間なのか不安に思っていた理由の大部分を占めていたのは、自分の外見が他人には化け物に見えるかもしれないという点だったのだ。化け物を娶《めと》ったとあれば、いくら聖獣といえどエルヴィンドは後ろ指を指されることになる。悪ければ神殿から孤立してしまうかも。自分のせいでエルヴィンドがそんな目に遭うのは嫌だった。

けれど鏡に映っている見知らぬ娘は、少なくとも化け物などではなかったのだ。長年抱えていた恐怖心を拭《ぬぐ》えた安堵《あんど》で、せっかく数日かかって下がった熱がまた上がりそうだ。

だがリディアの熱に対して、エルヴィンドはやはり呆れ顔のままである。

「お前には、美しいものとそうでないものの区別がつかないのか？」

え、とリディアは首を傾げる。

「このお屋敷は、建物の中もお庭も、とても美しいです」

「そうではなく……、いや、いい」

エルヴィンドは首を横に振った。

「すぐには無理か。ここで暮らしていくうちに、己の心の目を徐々に開いていくといい。お前の言う通り、幸いここには美しいものが山ほどあるのだからな」

まずは、と彼は頷《うなず》く。その唇の端に、ほんの少し笑みが浮かんでいるように見えた。

「神殿へ行こう。アーレンバリに流通している多くの観光案内の本では必ず、ヒェリ・バーリで一番美しいと書かれている場所だ」

リディアは自室のワードローブの前で少し悩み、外出用のケープを見つけて手に取った。

恐る恐る鏡の前に立ち、それを身につけてみる。

「……すごく、着やすいわ」

自分の姿を客観的に見ながら服を着られるというのは、こんなにも便利だったのか。

ケープは首元のくるみボタンだけではなく、その上からリボンを結んで留める作りになっているので、これは確かに鏡を見ずに見栄えよく仕上げるのは困難だ。だから人は鏡で自分の姿を見るのか、とリディアは納得した。

そのまま鏡を見ながら、髪を梳《と》かして軽く整えてみる。何とか人前に出ても恥ずかしくない姿にはなれただろうか。

玄関のホールを抜けてポーチに出てみると、先に出ていたエルヴィンドの姿がある。

彼は花壇に腰掛けていた。

彼の普段の服装は、いわゆる元貴族の資産家が着用するような一般的な普段着に近い。

今はそれにセットアップのジャケットを羽織っていて、いつもよりも更にきりっとして見える。タイもカフスもさぞ高価なものなのだろうが、めかし込んでいるという感じはなく、洗練されていて落ち着いた印象だ。

神殿に結婚の報告に行くというから、ひょっとすると畏《かしこ》まったローブのようなものでも着用するのかもと思ったのだが、そういうわけでもないようだ。

濃いネイビーのジャケットは、彼の白銀の髪を対比で一層輝かせている。

(これも美しいってことよね)

リディアは自分の生活に、『美しいもの探し』とでも呼ぶべき習慣が新たにできたように思えて、何だか嬉《うれ》しかった。

——とはいえ、今はそれどころではないのだが。

リディアはエルヴィンドの様子を見て、思わずくすっと笑ってしまう。

彼の周りに、ねずみ妖精《ようせい》たちがわらわらと群がっているのだ。

「おうおう、オシャレなんてしてさ。涼しい顔して浮かれてんだろ？　このこの」

「ご主人、かわいいお嫁さんが来てくれてほんとは嬉しいんだもんねぇ」

先頭に立ってエルヴィンドをからかっているのは、言わずもがなケビとロキである。あとは屋敷内で顔を合わせたり挨拶《あいさつ》をしたりしたことのある妖精もいれば、初めて見る顔もある。例によってリディアには視認できないだけで、今見えているよりももっと多くの妖精たちがここにはいるのだろう。

愛らしい子どものような声に四方八方から冷やかされて、エルヴィンドは手で顔を覆って項垂《うなだ》れていた。うんざりしているとその頭頂部に書いてあるが、無下に振り払ったりせず、肩に上ったり太ももをぺちぺちと叩《たた》いたりと勝手気ままに振る舞う妖精たちを好きにさせている。

からかわれている言葉の内容はともかく、その絵面が普段のエルヴィンドとの対比であまりにも愛らしく思えてしまって、リディアは思わず声を上げて笑った。

その声に妖精たちが一斉に振り返る。

「リディアだ！」

呼ばわる声に、エルヴィンドがぱっと顔を上げる。愛らしいねずみたちを身体のあちこちに乗せたままこちらを見つめるその顔は、いつもよりもあどけなく見える。

「お待たせしました。参りましょう、聖獣様」

リディアのほうは、何とか畏まった顔を作ろうと必死になってはみたものの、やはり笑いを抑えることができなくて、声が震えてしまう。

エルヴィンドが立ち上がると、ねずみたちは冷やかしの声を上げながらさっと散った。

「なぜ笑っているんだ？」

「あ……ごめんなさい。なんだか、すごくかわいくて」

とうとう目に涙まで滲《にじ》み始めたリディアをよそに、エルヴィンドは憮然《ぶぜん》とした顔で妖精たちが散っていったほうを睨《ね》めつけている。

「女心って奴は難しいよなぁ。わかるぜ、うんうん」

どこからか聞こえてきたケビの声に、エルヴィンドは深く嘆息し、リディアはまた笑ってしまった。

ヒェリ・バーリで一番偉い人が、ヒェリ・バーリで一番権威ある場所に赴くのだから、リディアは当然のように馬車か何かを使うのかと思っていたのだが、予想外にも移動は徒歩だった。

というのも、この屋敷は神殿のほぼ真裏に位置しているのだ。

リディアの部屋からは見えないが、部屋によっては窓から神殿が望めるらしい。

神殿がヒェリ・バーリの中心の丘の上にあって、その傍に森があって、そこに聖獣の屋敷があって――という知識は持っていたものの、リディアは自分の庶民以下の感覚でものを捉《とら》えてはいけないと考えていた。つまり、いくら同じ敷地内という扱いでも、その敷地というのがとにかく広大で、隣の建物まで行くのにも馬車を使わなければならないに違いないと思うようにしていたのである。

だが実際は、十分も歩けば着く距離だった。

拍子抜けというわけではないが、謎の安堵のようなものを感じながら、リディアはエルヴィンドについて森の中を歩く。

森の中は、リディアの部屋の庭と同様に石畳で舗装されていて、馬車がすれ違えるほどの十分な幅がある。遊歩道のようなそこを歩いていると、ほどなく、傍に湖があることに気付いた。

湖は森の切れ目のように大きく広がっていて、そしてその畔《ほとり》に神殿が建っている。神殿の一部は桟橋のように湖面の上にまでせり出しているが、そこへと続く重厚な扉は閉まっていた。

「わぁ……！」

感嘆の声を上げて神殿を見上げる。

白亜の建物は、アーレンバリの古い時代の建築様式そのものだ。細部まで凝られていて豪華でありながら、全体の印象はどこか儚《はかな》げでもある。古い城のような印象だが、城と違うのは、ファサードに何本もの柱が等間隔に並んでいることだ。それはエルヴィンドの屋敷の中庭を囲む回廊のように、ここが聖なる場所であるということを示していた。

ヒェリ・バーリがいくら災害のほとんどない国だからといって、千年以上も前に建てられたとは思えないほど、どこも壊れてもいなければ傷んでもいない。何度か改築や修繕を繰り返しているとは本に書いてあったけれども、それだけでこんなにも美しく保てるとは、今のリディアには半信半疑だった。

(もしかして、お屋敷と同じように、神殿も生きていたりしてね)

リディアは再び湖に視線を移す。

湖面は完全に凪《な》いでいて、神殿が鏡のようにはっきりと逆さに映り込んでいた。

その様は美しくもあり、どこか得体の知れなさに後退《あとずさ》りしてしまうような心地もする。

「この湖には風が吹かない」

エルヴィンドが傍にやってきて、そう説明してくれた。

「だから水面にはいつも逆さの神殿が映っている。この一帯は神殿の——要は私の私有地だから、一般の参拝者は湖に近づくことは基本的に許されていないが、神官たちはここを『水鏡《みずかがみ》』と呼んでいる」

「水鏡……」

リディアは水に映る逆さの神殿に思わず見入った。

「……何だか、ずっと見ていると引き込まれてしまいそうです。まるで水の底に、本当にもうひとつ神殿があるような」

と、遠くからエルヴィンドを呼ぶ声がした。

見ると、神官服を着た何人かの者たちが、こちらに向かって手を振ったり、お辞儀をしたりしている。柵《さく》のようなものは見当たらないが、どうやらその辺りからが神殿の敷地のようだ。ファサードはもう目と鼻の先である。

エルヴィンドはそちらに向かってひとつ頷《うなず》き、リディアの手を取った。

「行こう。神官たちが花嫁の来訪を待ち侘《わ》びているようだ」

その言葉の通りに、神殿の前に到着したリディアたちは、神官たちによって大いに歓待を受けた。

ヒェリ・バーリという都市国家の頂点に立つ宗教施設なのだからと、リディアの中には神官たちに関する勝手なイメージがあった。誰もがにこりともせず直立不動で、参拝者が普通に会話をするような調子でしゃべったりしようものなら、「静粛に！」と叩っまみ出されると思い込んでいたのだ。だからこれは良い驚きだった。

「エルヴィンド様、お待ちしておりました！　それでその、早速ですがそちらのご婦人が……？」

期待に満ちた眼差《まなざ》しで、神官の一人がリディアを目顔で示す。

エルヴィンドは頷き、リディアの肩を抱くようにして神官たちの前に促した。

「ああ。私の花嫁だ」

おお、と神官たちが色めき立つ。年若い神官などは顔を真っ赤にして目を輝かせている。「握手してください！」と言い出す者もいるほどだ。そして次々に祝いの言葉を投げかけてくれる。

リディアは改めて、人に花嫁として紹介されるとはどういうことなのかを思い知った。そうだ、婚姻とは普通、祝い事なのだ。花嫁と聞けば、人は単純に祝ってくれる。そんな当たり前のことに、どうして今の今まで考えが及ばなかったのだろう。

リディアもつられるように顔を真っ赤にして、神官たちに頭を下げた。

「リ、リディアと申します……」

「リディア様！　奥方様はお姿同様、お名前も可憐《かれん》ですな、エルヴィンド様！」

年嵩《としかさ》の神官がそう言って嬉《うれ》しそうにエルヴィンドに笑いかける。

するとエルヴィンドは自分の身体を盾にするようにして、神官たちとリディアの間に割って入った。背中にリディアを隠すような格好だ。

「花嫁は病み上がりで、まだ本調子ではないのだ」

「おお、それは失礼いたしました。ささ、こちらへどうぞ、お二方。せっかくですから奥方様も神殿を参拝されていかれませ。入り口までは階段を上りますので、足もとお気を付けて」

「奥方様のエスコートはこの私が」

「いや、私が！」

口々に言われ、代わる代わる手を取られる。

先に階段を上っているエルヴィンドを、思わず助けを求めるように見上げると、彼は少し微笑んで頷いた。その表情に、すっと心が軽くなる。この神官たちは、エルヴィンドが日頃から信頼している馴染《なじ》みの人たちなのだろう。

リディアは神官たちの代わる代わるのエスコートをありがたく受けることにした。横幅が広く手すりのない階段は、一人で上っていたら少し足が竦《すく》んだかもしれないから、実際かなりありがたかった。

神殿の中に入ってみると、これもまた外観と同様の印象だった。荘厳でありながら、ごてごてと飾りすぎておらず、すっきりと整っている。この建物がエルヴィンドのためにあることを思えば、この上なくしっくりくる。人工物なのにどこか大自然の息吹《いぶき》を感じるのは、参拝者用の椅子や蠟燭《ろうそく》を置く台などに、白っぽい灰色の木材が使われていて、表面が浮造りになっているからだろうか。それもまた、人間と獣の姿を併せ持つという聖獣にとても似合っているように思う。

奥に見える祭壇の壁には、精巧なレリーフが掲げられていて、その周囲を参拝者たちの手で供えられた無数の蠟燭が囲んでいる。

レリーフは複雑に図案化されているため少し分かりづらいが、入り組んだ植物の奥に一頭の獅子《しし》が描かれているようだ。これはこの神殿が作られた当時、高貴なるものを描くときには、それが彫刻であっても絵画であっても、相手を憚《はばか》って写実的な描写を避ける風潮が主流だったという文化的な側面に由来するらしい。先導する年嵩の神官がそう解説してくれた。獅子らしきモチーフの足もとには細い影がとてもはっきりとした黒で描かれていて、コントラストが際立っており、何だか目を引いた。

そのレリーフの美しさに、リディアは思わず感嘆の溜息《ためいき》を漏らした。

その反応に、エルヴィンドが満足そうな顔でリディアを見る。

と、参拝の人々がエルヴィンドに気付いて駆け寄ってきた。まだ朝早い時間だが、少なくない数の参拝者が既に蠟燭を祭壇に捧《ささ》げている最中だったのだ。

「──おはようございます、聖獣様！」

「おやまぁ、聖獣様の尊いお姿を見られるなんて。今日はなんて幸運な日なんだろうね」

「聖獣様、今朝うちの庭で採れた果物をどうぞ！」

参拝の人々は口々にエルヴィンドに声を掛けたり、持っていた供え物を直接渡したりと嬉しそうだ。それはエルヴィンドが彼らにとって、決して遠くから崇《あが》め奉《たてまつ》る近寄りがたい存在ではないということを意味していた。

きっとエルヴィンドは彼らにとって身近な守り神のような存在なのだろう。この国において森や湖がそうであるように。

聖獣や神殿というものに身近に接してこなかったリディアからすればそれはとても不思議な感覚だが、幼い頃から神殿に参拝するのを習慣としている人々のほうが多いそうだから、そういう人々にとってはここは自分の家や学校、職場の次に馴染み深い場所なのだろう。

きれいなお出かけ着姿の若い女性たちが、エルヴィンドをやや遠巻きに見てはきゃあきゃあと華やいだ声を上げている。いつぞやケビが言っていた、ヒェリ・バーリの若者たちにとってのエルヴィンドは、アーレンバリの若者たちにとっての劇場スターのようなものだ、というのもあながち嘘ではないのかもしれない。ケビからそれを聞いたときには、そんなまさか、と思ったのだけれど。

若い女性たちは次第に人垣を掻《か》き分けてエルヴィンドの傍にやってきて、積極的に話し始める。

「聖獣様、今日のお召し物もシックで素敵ですわ」

「見てくださいな。先日、街で一目惚《ひとめぼ》れしてこの指輪を買ったんです。はめ込んである石が、聖獣様の瞳《ひとみ》のお色に似てると思って」

当のエルヴィンドはといえば、相手が親子ほども外見年齢の離れた男性であろうとも、年頃の女性であろうとも、対応は同じだった。終始落ち着いた表情で、相手が幼い子どもだろうがむやみに笑顔を見せることはない。けれども自分に対して捧げられる品物の数々は、厚意として素直に受け取る。話しかけられたら必ず足を止めて耳を傾け、一言二言言葉を返す。

有り体に言えば、崇拝される対象としての振る舞いが堂に入っていた。

今のエルヴィンドは間違いなく人間の姿なのに、大勢の人間に囲まれると、エルヴィンドが彼らとは似て非なる存在なのだということが浮き彫りになっているのだ。リディアの目には、彼がまるで発光しているように映っていると言っても過言ではない。

荘厳な祭壇を背景に彼の姿を遠巻きに眺めながら、リディアは思わず溜息を吐いた。

それは畏怖《いふ》の対象を目の当たりにした者の反応に他ならなかったのだが、傍にいた若い神官は違った解釈をしたようだった。先ほど階段でエスコートしてくれた神官たちのうちの一人だ。確かハンスという名だったか。

ハンスはリディアにこそっと耳打ちしてくる。

「お気を悪くなさらないでくださいね。聖獣様を一目見ようと、若いご婦人方がいつも集まってくるんですよ。ひょっとしたら自分も花嫁に選ばれるかもしれない、って。皆さんまだリディア様のことをご存じないので」

それでなくても、とハンスはエルヴィンドを憧《あこが》れをこめた眼差しで見やる。

「あんなに見目麗しくて、地位も財力もあって。同じ男でも憧れちゃいますよ。それなのにきれいなご婦人に囲まれてもにこりともなさらないほど硬派だし。まぁご婦人方の中には、あのクールな眼差しが堪《たま》らないって方も少なくないんですけど」

「そ、そうなんですか……」

リディアは彼女たちの勢いに、あるいは漲《みなぎ》る生命力に完全に圧倒されてしまっている。

ここだけの話、とハンスはまた耳打ちしてくる。

「祭壇の近くにおばあさんのグループがいるでしょう。あの方たちも、若かりし頃にはあのご婦人方みたいに、花嫁に選ばれようと毎日着飾って神殿に通い詰めていたそうですよ」

彼が示す先には、祭壇に蠟燭を捧げている穏やかな老婦人たちがいる。

リディアはぽかんと口を開けてしまった。何度も何度も、エルヴィンドは千五百年間も人間の姿で生きていると聞いてはいたのに、わかったような気になっていただけだったと今さら気付いたのだ。

「……聖獣様って、ずっと昔からあのお姿なんですか……？」

考えてみれば当たり前のことなのに、今さら衝撃を受けてしまう。

ハンスは何だか得意げに胸を反らした。

「ええ、そうですよ。実は私の家は、父も祖父も曾祖父《そうそふ》もその前も、要するに先祖代々神官の家柄なんです。私も幼い頃から神殿に通っていたので聖獣様には良くしていただきました。私が神官の道を志すと決めた時にも、聖獣様自ら『神殿に縛られず、自分の道は自分で決めていい。お前がどこにいようとも私の加護はお前の傍にある』とお言葉をくださったんですよ。そんなこと言われたら、一生お側で仕えるに決まってるじゃないですか！」

ハンスの口調は次第に熱を帯びてくる。

「うちだけじゃなく、ヒェリ・バーリの神官には似たような家系が多いんです。神殿ができた当初に神官だった人たちの子孫の多くは今も神官なんですよ」

なるほど、とリディアは腑《ふ》に落ちた。

「だから神官の皆さんは、聖獣様ととても親しくていらっしゃるのですね」

「はい。神官が代替わりするときには、聖獣様はわざわざ家にまで足を運んでくださるんですよ。私が老齢の父に代わって神殿にお仕えすることが決まったときにも、聖獣様は我が家へお越しになって、父に温かい労《ねぎら》いの言葉をかけてくださいました。そればかりか、うちの壁に飾ってある代々の神官たちの肖像画を懐かしそうにご覧になっては、一人一人名前を呼んで優しく語りかけて……私、そのお姿を見てつい泣いちゃいましたよ」

その時のことを思い出してか、ハンスの目が潤む。彼は鼻を啜《すす》って微笑んだ。

「すみません、私の話ばっかり。どうぞ建物の中だけじゃなく、敷地内をご自由に散策なさってください。聖獣様には後で私からお伝えしておきますから」

リディアはありがたくその言葉の通りにさせてもらうことにした。

何だか胸がいっぱいで、外の空気を吸いたくなったのだ。エルヴィンドに会えて嬉《うれ》しそうにしている老若男女様々な人々を邪魔したくないという思いもあった。

よろしくお願いします、とハンスに頭を下げ、リディアは建物の外に出る。

(……寂しくないはず、ないわ)

リディアは大勢の人々に囲まれていたエルヴィンドの姿を思う。

——あの人々も、ハンスも、そして従者のノア少年も、いつかはエルヴィンドを置いて去ってしまう。

それは自分も同じなのだ。長い時を生きる聖獣の傍にただひととき留《とど》まり、通り過ぎていくだけの、短い命を生きる人間の中の一人。

鬱々《うつうつ》とした足取りでポーチに出る。すると目の前にヒェリ・バーリの絶景が広がっていて、リディアは目を輝かせた。階段を上ってくる時には振り返る余裕がなくて気付かなかったが、考えてみればここは平地の多いヒェリ・バーリで一番高い丘の上だ。その更に階段の最上部にいるから、街の様子を見渡せるのだ。

憂鬱な気持ちを一瞬で吹き飛ばしてくれるような絶景だった。

(ヒェリ・バーリがこんなに美しい街だったなんて)

近代化の進むアーレンバリの中において、このヒェリ・バーリだけは昔の街並みを残し続けているという。

自分も少し前まではあの街の中で暮らしていたのだと思うと不思議な気分だ。あの美しい景観の一部になれていたのなら、辛《つら》かったあの日々もほんの少し報われる心地がする。

階段を下り、広場を少し歩いてみる。ここは参拝者だけでなく、ヒェリ・バーリに住む人々の憩いの場になっているようだ。いくつものベンチが置かれていて、たくさんの人々が談笑したり本を読んだり、何かを食べたり飲んだりと思い思いに過ごしている。皆やけに同じ入れ物に入った食べ物を手に持っているなと思ったら、広場の端にいくつかの常設の屋台が出ていて、そこで簡単に飲み食いできるものが売られていた。バターやメープルシロップの甘く香ばしい香りに惹《ひ》かれながら、その脇を通り過ぎる。

神殿と森との境目のような、人けのない場所に辿《たど》り着いて、ようやくリディアは一息ついた。まだ大勢の人が集う場所は、そこにいるだけで疲れてしまう。十八年間も屋敷に軟禁されていた影響は自分で思っていたよりも大きかったようだ。

(本当はあの人たちみたいに、おしゃべりしながらお菓子を食べたりしてみたいけど……)

リディアは首を横に振った。それはあまりに望みすぎだ。少し前の生活からは考えられないほど今は恵まれた環境で暮らしているのに。

ふと、神殿内で人々に囲まれていたエルヴィンドの姿を思い出す。

活気に気圧《けお》されてしまいはしたけれど、大勢の人々に慕われている彼の姿を見ていると、なぜか関係のない自分まで誇らしい気持ちになった。そんな気持ちを抱いたことを自分でも不思議に思う。

と同時に、ほんの少し、何かが胸をちくりと刺す感覚もあった。

着飾ったきれいな女性が、彼の腕に触れていたな、と思い出す。

また、ちくりと胸が痛む。

「……？」

自分の胸を押さえ、首を傾げる。この気持ちは一体何だろう。

地面に腰を下ろし、そよそよと風に揺れる木々の枝葉を見上げる。空がその枝葉の形に切り取られている。これもまた、美しいもののひとつだ。

時間を忘れて、リディアはそれを眺めていた。そうしていると胸の痛みが少し落ち着いてくる。

と――葉擦れの音の合間に、水音がした。

そういえばあの鏡のように凪《な》いだ湖がすぐそこにあるはずだ。木々を見上げているだけでも心がこんなに落ち着くのだから、湖面を眺めてみたら、もっと安らげるかも。

そう考えてリディアは立ち上がり、水音がするほうへと向かってみた。音自体はとてもささやかなのに、まるでリディアを誘うみたいに、他の音を突き抜けるようにして耳に響いてくるのだ。

（小鳥が水浴びでもしてるのかしら？）

エルヴィンドの屋敷の中庭で見た、あの楽園のような景色を思い出しながら、湖のほうへと向かう。

石畳敷きの遊歩道がいつの間にか途切れて、灌木《かんぼく》や木々の根が地面を這《は》い回っている。木の幹に摑《つか》まりながら何とか進んでいくと、昼前の陽光に照らされた湖面が見えた。

と同時に、リディアは湖の神殿側が柵《さく》でぐるりと囲まれていることに気付いた。明らかにそれ以上の侵入は禁止という目印だ。誰が見たってわかる。

けれどリディアの目は、柵を通り越し、目の前の水面《みなも》に釘付《くぎづ》けになってしまっていた。

水面には一人の老婆が力なく顔を出し、今にも沈みかけていたのだ。

リディアは慌てて駆け出した。一瞬で顔が蒼白《そうはく》になり、老婆の名を呼ばわる。

「――ビルギットさん！」

ビルギットはリディアのことが見えていないのか、見えていてももう反応する力が残っていないのか、虚《うつ》ろな目で水面を弱く掻《か》いている。

リディアは躊躇《ためら》いなくスカートを持ち上げ、湖を囲む柵を潜《くぐ》り、跨《また》いだ。柵はリディアの胸のあたりに一本と、足もとに一本が横に伸びていて、それを等間隔に立った柱が支えている作りだったので、小柄なリディアには何とか間を通り抜けられる隙間があったのだ。

柵に摑まり、ビルギットに向かって手を伸ばす。

「早く摑まってください！　ビルギットさん！」

湖面は昼間だというのに真っ暗で、ほんの数メートル下も見えない。ビルギットの首から下もまったく見えないのだ。リディアはもちろん人生で一度も泳いだことなどない。

足を岸辺ぎりぎりの位置に置き、腕を限界まで伸ばす。岸は小さな崖《がけ》のように切り立っていて、リディアが体重を移動するたびに、地面がぼろぼろと崩れていく感触がする。ビルギットはもうほとんど意識を失ってしまっているのか、目の前にあるリディアの手にも気付いていない。

（お願い、届いて……！）

必死に伸ばした腕は虚《むな》しく宙を掻く。柵を摑んで体重を支えている指が真っ白になって震えている。

あと一息で伸ばした指先がビルギットの髪に触れる、と思った瞬間だった。

摑んでいた柵がぐらついたかと思うと、地面に刺さっていた根もとから突然折れた。

支えを失った柵は当然、リディアの体重に合わせてこちらに倒れてくる。

リディアの身体も抜けた柵と一緒に、為《な》す術《すべ》なく水面のほうへと倒れていく。

自分まで落ちてしまったら、もう助けられない。

ビルギットは冷たい水の底に沈んで死んでしまう。そして自分も。

いやにゆっくりと感じる落下感の中、頭の中にがんがんと声が反響した。

――無様な死に様がお似合いよ。

――生きている価値のないお前なんかには。

ヨセフィンの、そしてイサベレの哄笑《こうしょう》。それを絶望に満ちた表情で呆然《ぼうぜん》と聞きながら、リディアは為す術なく、ゆっくりと湖に落ちていく――

――しかし冷たい水面に叩《たた》きつけられる瞬間は訪れなかった。

実際にリディアの身体を包み込んだのは、思いがけず柔らかく温かい感触だったのだ。え、と思う間もなく、その柔らかい感触がリディアを岸のほうへ押し戻した。リディアの身体は爪先《つまさき》すらも水に触れることなく、地面にふわりと降ろされる。たたらを踏み、リディアは地面に座り込んでしまった。

いつの間にかきつく閉じていた目を開き、顔を上げる。そこにいたものに、リディアは思わず瞠目《どうもく》した。

「……猫？」

そう。そこには巨大な猫が、湖を背にして悠然とリディアを見つめ返していたのだ。

地面に座り込んでいるリディアの目線よりも、四つ足でこちらを見ているその猫の目線のほうが高い。もし後ろ足で立ち上がったら、長身な成人男性と同じか、それ以上の体高だろう。手足が太く、全身が長い体毛で覆われている。顔の周りの毛は特に長い。その白っぽい毛並みは、光の加減によって銀色にも淡い金色にも見える。ほんのわずかなそよ風も吹いていないのに優雅になびいて、堂々とした立ち姿と相まってとても優美だ。

アーレンバリを含む北方の国々には、北国固有の種の猫が何種類か存在する。そのいずれもが長毛種で、中でも代表的な『丘の上の猫《バーリ・カット》』という種類はたてがみのような長い毛を持ち、他のどの種の猫よりも大きく育つという。

目の前の巨大な猫は、そのバーリ・カットにとても似ていた。

けれどもリディアがオーケリエルムの屋敷で見たことのあるどの野良猫とも、目の前の巨大な猫は違っていた。大きすぎる体軀《たいく》ももちろんそうだが、あの野良猫たちと向かい合ったときには感じたことのない、何か畏怖《いふ》のようなものをこちらに感じさせる佇《たたず》まいなのだ。

猫は金色の透き通った瞳《ひとみ》でただじっとこちらを見ている。

その瞳に思わず見入ってしまってから、リディアははっと我に返った。

慌てて立ち上がり、湖面を見やる。折れた柵の鋭利な先端を躊躇《ちゅうちょ》なく跨いで、周辺を捜し回る。

だが水面のどこにも、ビルギットの姿はなかった。

全身の血の気が引いて、リディアはくずおれるようにして再び座り込んでしまった。

「……嘘、でしょう」

嫌だ、と首を横に振る。

「嘘よ。ビルギットさん……お願い、返事をして」

呆然と力が抜けてしまって、涙も浮かんでこない。

目の前の現実が信じられずに、目を見開いたまま項垂《うなだ》れ、地面に両手をつく。

『お前には、生きている価値がない』

忘れかけていた声が頭の中に響いてくる。

呪いのように。悪夢のように。

――舞い散る火の粉を纏《まと》った、黒い靄《もや》のように。

『お前には、生きている価値が――』

だったら、とリディアは思わず耳を自分の両手で塞《ふさ》ぎ、きつく目を閉じた。外界との接触を遮断するように。

「わたしが代わりに湖に沈むわ。だからビルギットさんを返して！ お願いよ……！」

しかし声は塞いだ耳の外からではなく、リディア自身の身内から響いてくる。

『たかだか一人の老い先短い他人のために、聖獣の花嫁としての使命まで捨てるってのかい？ やっぱりお前なんかが花嫁だなんて間違いだったんだね』

「できるなら、できるなら聖獣様に恩返しがしたいわよ。あの場所から救い出していただいたんだもの、あの方が喜んでくださるなら、どれだけ時間がかかっても花嫁の務めを果たしたい。許されるなら、お寂しそうなあの方のお傍にいたいわ。だけど、わたしには無理よ。できないわ、そんな力なんてもともとなかったの。だって、わたしには生きている価値が――」

と――耳を塞ぐ両手に、何かが触れた。

あの巨大な猫ではない。毛に覆われた身体ではなく、手だ。人間の手。

耳を塞いだまま、目を開く。顔を上げる。その拍子に涙が頬を伝う。

リディア自身の手と重なっていたその手が優しく、リディアの両手を耳から外させる。

「……聖獣様……」

エルヴィンドが地面に膝《ひざ》をついて、リディアの手を己の手で包み込み、こちらを見つめているのだった。

あの巨大な猫の姿はどこにもない。

エルヴィンドはリディアを見つめたまま、指先で頬に触れてくる。涙を拭《ぬぐ》ってくれているのだと遅れて気付いた。

「この湖に一人で来てはいけない。この湖は時折、人間に幻を見せるそうだから」

え、とリディアは目を瞬《しばたた》かせる。

エルヴィンドは自分の肩越しに湖を目顔で示した。

「だから人の出入りの多い神殿側は立ち入り禁止になっているのだが、この間の長雨で柵が劣化していたようだな。すぐに神官たちに修理を手配するよう命じておこう」

そう言って立ち上がろうとするので、リディアは慌てて問い質《ただ》す。

「お待ちください。幻って……！」

「溺《おぼ》れている老婆などどこにもいなかった。恐らく湖が、お前に幻を見せたのだろう」

リディアはあまりの安堵《あんど》で、全身の力が抜けてしまった。涙がまた溢《あふ》れてくる。

「なぜまた泣くのだ」

「ご、ごめんなさい……安心してしまって」

慌てて両手で涙を拭う。

一体いつから聞かれてしまっていたのだろう。ひょっとするとエルヴィンドは一部始終を見ていたのかもしれない。

ついさっきあれほど世界の終わりのように感じた絶望さえも、今は嘘のようになくなっている。幻が消えると同時に消え失せてしまったかのようだ。

けれどさっきは自暴自棄なことを口走ってしまった気がする。エルヴィンドはしかし、聞いたであろうリディアの独白のことには何も触れず、ただ黙って手を差し出してくる。リディアを助け起こそうとしてくれているのだ。

リディアは止まらない涙をもう一度拭い、その手をスカートで更に拭ってから、彼の手を取ろうとした。

そのとき、彼の袖《そで》が裂けていることに気付いた。よく見ると上着から下に着ているシャツまでが深く裂けていて、その下の皮膚に血が滲《にじ》んでいる。

「聖獣様、腕にお怪我を……！」

ああ、とエルヴィンドは何ということもないという顔で腕を見下ろした。

「柵《さく》の先端に触れてしまったようだな」

「そんな……す、すぐに見せてください」

リディアは慌ててエルヴィンドの手を取った。リディアの体重で壊れてしまうほど脆《もろ》く劣化していた木材で切ってしまったなら、ばい菌が入ってしまっている可能性が高い。

「上着を脱いでいただけますか？」

エルヴィンドは素直に上着を脱いでくれたが、何をする気だという顔をしている。リディアは彼に目顔で断り、彼のシャツの袖を捲《まく》った。やはり肘《ひじ》の下の辺りに、深刻なほど深くはないが切り傷ができてしまっている。

リディアはスカートの腰にぶら下げていた小さな巾着《きんちゃく》を手に取ると、中から自作の薬を取り出した。長年の習慣から、アイノたちから作った薬を常に持ち歩いていないと落ち着かないからとそうしていたのだ。早くも役に立ってよかった。

手際よく手当てを進めるリディアの手もとを、エルヴィンドはじっと見ている。

「それはお前が作った薬か」

「はい。アイノの……、聖獣様がオーケリエルムのお屋敷から一緒に連れてきてくださった鉢植えのお花たちはみんな薬草なのです。これはその根っこを使って作ったお薬です」

ねずみ妖精《ようせい》の姿になったアイノを思い出し、リディアはふと微笑んだ。

「とってもよく効くお薬だなとは思っていたんです。まさか妖精が宿っていたなんて」

「妖精はもともと何にでも宿っている。人間の目には見えないだけで」

え、とリディアは首を傾げる。

「そうなのですか？　以前、一度だけ市販のお薬を使ってみる機会があったんですけど、アイノたちから作ったお薬とは効きがまるで違ったんです。塗ると痛いし、治るまでにもすごく時間がかかって……。だから、妖精が宿る特別な植物で作っていたお陰なのかと思ったんですけど」

「その市販の薬も、もともとの材料は植物だろう。ならば当然妖精は宿っているはずだ」

では一体何が、アイノたちの薬がよく効く要因なのだろう。

首を傾げつつもリディアはエルヴィンドの傷口に念入りに薬を塗り、息を吹きかけて乾かす。そして当て布をして包帯を巻こうとしたとき、その手をエルヴィンドが止めた。

「待て」

告げるが早いか、エルヴィンドは怪我をしていないほうの手で、傷口の薬を拭い始めた。傷がぱっくりと開いてしまいそうな強さで擦《こす》るので、リディアは青ざめてしまう。

「聖獣様、そんなことをしたら傷口が……！」

「大丈夫だ。見てみろ」

そう言われても恐ろしくて見られるはずがない。ただでさえ見ているだけでも痛いと思いながら手当てしていたというのに。

が、再び促されてしまったので、意を決して恐る恐る傷口を見る。

途端、驚きに目を見開いた。

「聖獣様――傷が」

薬を拭ったエルヴィンドの腕には、傷がどこにもないのだ。

血の痕《あと》がこびりついてしまっているのと、強く擦ったために皮膚がほんの少し赤くなっているが、それだけである。

やはりな、とエルヴィンドは深く納得した表情で頷《うなず》いた。

「ノアがお前に手当てされたという日も、足首の傷の治りが異様に早かったのだ。そのときから気にはなっていたが……」

エルヴィンドは金色の瞳《ひとみ》でリディアを見つめる。

「お前には、ものを癒《いや》す力が備わっているようだ」

「……え？」

まったく想像もしていなかったことを言われて、思考停止してしまう。

「……癒す力？　アイノたちにですか？」

「違う。お前にだと言っただろう」

でも、とリディアは呆然《ぼうぜん》と首を横に振る。

「そんなはず、ありません。わたし、ただの人間ですし……いえ、普通の人間としての力すらも備わってはいませんし、できることなんて何も」

否定を重ねようとした唇が固まる。エルヴィンドの金色の瞳があまりにも有無を言わさぬ光を湛《たた》えて、まっすぐにこちらを射貫《いぬ》いていたためだ。

固まった唇が震え、声がこぼれ落ちた。

「……本当、なのですか？　わたしに、本当にそんな力が……？」

「我々聖獣は、お前たち人間が物語の中で魔法と呼んでいるような力を使う。だがそれは無から何かを生み出せる力ではない。森羅万象の力を借りて、その力を自分の得意なほうに増幅させる能力なのだ。火種がなければ炎を燃やすことはできないし、雨雲がなければ雨を降らせることはできない。だが火や水、風などの力に働きかけて、本来よりも大きな炎を燃やしたり、本来よりも早くたくさんの雨を降らせることはできる」

そして、とエルヴィンドは告げる。

「聖獣に近しい眷属《けんぞく》には、似た力が備わることがあるのだ」

――眷属。

その言葉の重みに、雷が落ちたような衝撃を受けた。

もともと薬というものには、癒しの力が当たり前に備わっている。

薬を自らの手で作ることで、その効果を増幅させる力が、もし本当にリディアにあるのだとしたら。

もしそれが、リディアが聖獣の眷属と見なされたことによるのだとしたら。

それはきっと何よりも、自分が聖獣の花嫁として認めてもらえたという意味になりはしないだろうか。

リディアの胸に、喜びが満ちようとする。けれどリディアはその喜びをすぐに首を横に振って自ら掻《か》き消した。

(喜んではだめ。だってわたしには……本当に聖獣様の花嫁だって証拠がないんだもの)

エルヴィンドは面と向かって何度もリディアを花嫁だと断言してくれているし、周りの人々も祝福してくれている。

　けれどリディアは夢の中で獅子《しし》からお告げを受けたわけではないのだ。であればせめて目に見える証拠がなければ、リディアは自分が本当に聖獣の花嫁であると、人違いの花嫁ではないのだと、心の底から信じることはできない。客観的に証明できるものが何一つ存在しないのだから。

　この癒しの力だって、眷属は眷属でも花嫁ではなく、エルヴィンドに仕える従者の一人と見なされて付与された可能性だって捨てきれないのでは。

　しかしエルヴィンドは、リディアの内心の動揺には気付いていないようだった。神殿に戻ろうと促してくる。リディアは動揺を表に出さないようにしながら彼に付いていくしかない。

　ふと、折れた柵と、その先の湖が目に入った。その水の中はやはり暗くて見えない。自分を助けてくれたあの白い猫は、湖に落ちることなく、寝床に帰れただろうか。

「聖獣様、あの」

　やはり気になって、エルヴィンドの背中に問いかけてみる。

「その……さっき、白いバーリ・カットを見ませんでしたか？　湖に落ちそうになったのを助けてくれたので、お礼を言いたかったのですけれど……。とても大きなバーリ・カットです」

　エルヴィンドは振り向かず、見ていない、とだけ答えた。

てっきり神殿の中の、祭壇があるあの広い礼拝堂に戻るのかと思っていたら、エルヴィンドは階段を上らずに建物の裏手へぐるりと回り始めた。

裏手へと続く小路《こみち》の中程には塀があり、金属製の重そうな扉には鍵《かぎ》が掛かっている。エルヴィンドはその鍵を開けてリディアを中へ招き、再び鍵を掛けた。更に小路を進むと、いかにも関係者以外は立ち入り禁止といった風情の扉が見えてくる。

エルヴィンドはその扉から神殿の中へとリディアを招き入れた。そこは細い通路で、天井も床も壁もやはり真っ白だ。途中にいくつかの扉があり、そのたびにエルヴィンドは鍵を開け、通り抜けたらすぐに鍵を閉めた。随分と厳重だ。この先に一体何があるのだろうか。

やがて地下へと続く階段に差し掛かると、彼はリディアの手を取り、階段を下り始めた。その間、リディアは一言も発することができなかった。どことなく厳かな雰囲気があって、気軽に質問したりするのが憚《はばか》られる空気だったからだ。階段の壁は白くはなく、剝《む》き出しの岩肌で、等間隔に明かりが灯されていた。

恐らく建物の三階分以上の深さを下りただろうか。螺旋《らせん》階段の最深部に辿《たど》り着く。そこには天井の高い地下空間が広がっていた。壁はやはり岩肌だ。天井は暗くて見えない。

床は桟橋のように細く伸びていて、先端は人が三人ほど立てそうな小さな円形になっていた。

そしてその円形の桟橋の周囲には水が張られている。その水がどれだけ深いのかは、やはり暗くて見えない。

「ここは……？」

呟《つぶや》いた声が反響し、大きく響く。

エルヴィンドはリディアの手を取ったまま、円形の先端に向かって歩き出した。

「聖獣と、聖獣が許した者だけが入ることのできる場所だ」

エルヴィンドの声もやはり反響した。その声はどこか遠い場所から──時空すらも超えた場所から聞こえてくるような錯覚をこちらに覚えさせた。

「私はこの場所で、星の巡りを読む。それが聖獣に与えられた使命だからだ。星の巡りとはすなわち、この世界に存在する理《ことわり》。そしてそれは我ら聖獣の世界では掟《おきて》と同義でもある。千五百年前にも、私はこの場所にいた。そして一人の少年に建国のお告げを与えるよう啓示を受けたのだ」

「理……、掟？」

エルヴィンドは桟橋の中程でリディアのほうを向いた。

「いくら言葉で説明しても、人間には理解が難しいかもしれない。聖獣と人間は違う理の中で生きているからな。人間は普通、生きる理由を使命として与えられることはない。多くの人間は、生きる理由を自分で探さなければならない。それが一生を終えるまで見つからなかったとしても」

だが、とエルヴィンドは続ける。

「人間にわかるような言葉で言うならば……そうだな。聖獣とは、森羅万象に宿る妖精《ようせい》たちの長、というのが近い。風にも、大地にも、木々や葉にも、海や川にも——自然界のあらゆるものに妖精は宿る。それらの頂点に立つのが聖獣で、その種のうちの一つがファフニール《私》だ。森羅万象は星の巡りの理の中に存在している。我ら聖獣もまた然《しか》り。人間たちだけが、その理から少し外れたところで生きている。他の生き物よりも遥《はる》かに強い自我を持っているからな。だからたまに、人間たちをこちらの理の中に戻す作業が必要になるのだ。世界の調和を守るために」

エルヴィンドの言葉はあまりにも壮大すぎてリディアには理解が難しかったが、最後の言葉が何のことを指しているのかは予想がついた。

「アーレンバリの初代国王陛下へのお告げも、その作業の一つだったのですね」

そうだ、と彼は頷いた。

「人間社会に浸透している星占いというものがあるだろう。実はあれもその一つだ」

「え？」

「人間の中に、たまにこちらの理を本能的に理解できる者が生まれてくるのだ。そういう者はしばしば占い師とか、呪術《じゆじゆつ》師とか呼ばれている」

急に何だか現実寄りの話になって、リディアはぱちくりと目を瞬《しばた》かせた。

「わたしたちの知らない間に、その理というのは人間社会にも浸透しているのですね」

「ああ。いくら理から少し外れているといっても、人間だってこの世界の一部であることに変わりはないからな」

「……ごめんなさい。わたしには少し難しくて、多分、ちゃんとは理解できていないです」

「それで構わない。人間なのだから、人間の理の中で生きればいいのだ。──だが」

言葉とともに、エルヴィンドは足を止めた。桟橋の先端の、あの円形の場所だ。

そこから見上げる壁の岩肌も、黒い水面も、やはり暗くてその先までは見渡せない。そこに何があるのか──あるいは何もないのか。

やおら、エルヴィンドは大きく腕を振った。するとその腕の動きに操られるかのように、柔らかくて小さな光の粒が無数に現れ、天井のほうへ高く広く散らばっていく。

それはさながら星の瞬きだった。光の粒は実際、天井の暗い空間で、自らの定位置にそれぞれ着くようにしてぴたりと止まる。そしてそのまま、天の動きを模したように、ゆっくりと移動を始める。横から見ると、リディアたちが今いる円形の場所を軸にして、天井と、そして水の下までをも使って大きな円を描く格好だ。水の中に沈んでいった光の粒たちは、しばらく待っていれば反対側の水面から再び顔を出すのだ。星の軌道をなぞるように。

その夢のような美しさに、リディアはただ見入ってしまう。

「聖獣の花嫁となる人には」

エルヴィンドは光の星の下で続ける。

「理のこちら側に入ってきてもらわなければならない。人間であろうとも、聖獣と同様に掟に従って使命が課せられるのだ」

「使命……」

またあの重い言葉だ。知らず両手を握り締める。

「婚姻の儀式を済ませたら、お前にもその使命が課せられるということだ。そしてその使命とは、聖獣の花嫁にしか遂行し得ない類《たぐ》いのもの。お前がいなければ成し遂げられないものだ」

リディアは思わずエルヴィンドの顔を見上げる。

彼は光の粒とよく似た金色の双眸《そうぼう》で、リディアを見つめていた。

「わたしにしか、できないこと……？」

そんなものが存在するのだろうか。こんな、何もできない自分に。

エルヴィンドの手が伸びてくる。その指先はそのままリディアの頬に触れた。

優しく頷《うなず》くエルヴィンドの瞳《ひとみ》の中には、同じ色の無数の光の粒――星々が煌《きら》めいている。

（……きれい）

なぜ、こんなにも彼から目が離せないのだろう。

さっきから夢の中にいるような心地だからなのだろうか、熱に浮かされたように頭がふわふわとしてくる。

「……もし、本当にわたしが聖獣様の花嫁だとおっしゃるなら」

だからだろうか。ずっと訊《き》きたかったその言葉が、ふわりと口からこぼれ落ちた。

「その証《あかし》はどこにあるのでしょう？　わたしが間違いなく花嫁であるという証は」

いまだ夢の中に現れず、お告げも与えない獅子《しし》。啓示はまだリディアには訪れていない。

エルヴィンドが薄い唇を開いた。そして何かを告げようとした瞬間、天井に浮かんでいた光の粒たちが突然、一斉に水面に落ちた。

そちらを振り返り、エルヴィンドは水面にびっしりと浮かぶ光を見つめる。

「二ヶ月後の満月の日の正午」

書物の文字を追うように、彼はそう呟いた。

実際、彼は水面に浮かぶ光の微細な紋様から、何かを読み取っているようだった。

さっき彼が言っていた、これが『星の巡りを読む』ということだろうか。

「この神殿で儀式は執り行なわれる。花嫁の使命はそれをもって下される。鍵《かぎ》はその前に渡される」

それは予言のようでもあり、何か箇条書きで書かれた決まり事のようでもあった。

言葉通りに解釈するならば、二ヶ月後、この神殿でエルヴィンドとリディアは結婚式を挙げるということだ。そして同時にリディアには何らかの使命が課せられる。

(鍵って何かしら?)

しかしエルヴィンドはそこで言葉を止めた。他に何も読むべきものがないといったふうだ。彼はしばらく水面に目を凝らしていたが、やがてふっと力を抜いた。

彼がすべて読み取ったことを悟ったかのように、光の粒もまた水に融《と》けて消えていく。

そうして地下空間に薄闇が戻ってきた。

リディアはそこでようやく、さっきまで光の粒が浮かんでいた水面が微動だにしていないことに気付いた。神殿の外のあの湖の湖面のように、鏡のごとく凪《な》いでいる。

もしかして、とふと気付いて問うてみる。

「このお水は、外の湖と同じお水ですか?」

するとエルヴィンドはほんの少し目を見開いた。

「よく気付いたな。そうだ。この場所もまたあの湖と同じように、水鏡の間という名が付いている」

「……不思議で、とても美しい光景でした。ここに連れてきてくださってありがとうございます」

さっきまでの光景を思い出し、リディアは微笑んだ。

エルヴィンドがリディアを見つめる。その金色の瞳は、薄暗い地下空間であっても煌めいて見える。

（やっぱり、猫の目みたい）

そんなリディアの考えを知ってか知らずか、彼は目を眇《すが》めた。

「ああいうものでよければ、これからも見せてやろう」

思ってもみない言葉に、リディアは目を瞬かせる。

「いいのですか？　ご迷惑では……」

「言っただろう、聖獣はお前たち人間が不思議だと思うような力を使えるのだと」

言ってエルヴィンドは再びリディアの手を引いた。

「まずは地上に戻ったら、広場に雨上がりのような虹《にじ》を架けてやろう。お前が美しいと思うものを、私の力で見せてやりたくなってきた」

その言葉に――リディアは心臓が大きく動いたのを感じた。

思いもよらないことを言われてびっくりしたのか、それとも。

「……ありがとう、ございます」

なぜだろう。頬が急に熱くなってきた気がする。

前を歩くエルヴィンドの背中が、なぜかまっすぐ見られない。

それに彼に柔く摑《つか》まれた手が何だか、じんじんと痺《しび》れるような感じまでしてきた。

こんな気持ちは初めてで、リディアは自分の心身に起きている異変にただ戸惑うしかなかった。

晴れ渡った空に架けられた虹。それを見上げて歓声を上げる人々の温かい光景。それを美しいと感じるよりも先に、彼が自分のためにそれをしてくれたのだと——彼自身がそうしたくてしてくれたのだという、その事実に喜びで胸がいっぱいになっている自分に、リディアは気付いたのだ。

三ノ章 ✦ 花弁に導かれた乙女

己の主《あるじ》とその花嫁が、神殿に結婚の報告に赴き、理《ことわり》に伺いを立てて挙式の日取りを決めてから一週間。

エルヴィンドの従者である少年ノアはその日、自ら台所に立って、ベリーのジャムが大量に入った鍋《なべ》をかき回していた。

材料となるベリーは主と花嫁が連れ立って森に出かけて摘んできたものだ。今まで一度もベリーを摘んだことがなかったという花嫁のたっての希望らしい。花嫁がこの屋敷にやって来た頃は見ているこちらが居たたまれなくなるほどぎこちなかった二人だが、この一週間は少しずつ距離が近づいてきているようだ。

ちなみに本来ならジャムは屋敷に任せていれば楽に出来上がる。今日ノアが自分でジャム作りに精を出しているのは、ただの気分転換だ。

ノアは肩書きこそ従者ではあるものの、エルヴィンドの傍に四六時中控えているというわけでもない。主の代理で行なう業務も山ほどあるからだ。だから二人の様子は主に妖精《ようせい》たちの噂話を小耳に挟むことによって把握していたのだが、今日は珍しくエルヴィンドのほうから台所にまでノアに会いにやってきた。

主がわざわざ自分に話をしに来るときは、それはすなわちのっぴきならない状況にあるということだ。その状況が深刻なものであれ、そうでないものであれ。

「要するに」

ノアは木べらで鍋をぐるぐるとかき混ぜながら、主のほうを振り向かないままに言う。

「花嫁の証の件をリディア様にどう説明したものか、一週間も悩んでるというわけですか」

エルヴィンドが深い溜息《ためいき》を吐いたのが聞こえた。

「そうだ」

「あの日リディア様のほうから質問されたものの、何だかんだでうやむやになったまま、リディア様も遠慮なさって答えを急《せ》かしてくることもなく今に至る、と」

「……そうだ」

「質問してきたということは相当気になっていたということだと思いますし、その回答が一週間もないとなると気が気じゃないと推察しますが、その点に関してはいかが思われますか」

「……彼女に申し訳ないと」

「それをリディア様にお伝えになったらいかがですか」

また主の溜息が聞こえる。気にはなるので振り返りたいが、鬱々《うつうつ》とした気分が伝染してきそうなのでぐっと堪《こら》え、目の前の鍋に集中する。

「……彼女をここに連れてきたときは、ただ掟《おきて》のためだと思ったのだ。使命を遂行するために必要な人間だから、と」

「ええ、それは理解しています。此度《こたび》の婚姻が、人間同士のそれとは訳が違うことは」

「国生みの聖獣と称される以上、私にはこの地の人間を庇護《ひご》する責務がある。だからこうなったからには彼女には何不自由なく、できる限り心穏やかに過ごしてほしかった」

「ええ、それも重々わかっていますとも」

「……そのはずだったのだ」

また溜息。その音をかき消さんとばかりに、鍋をかき回すノアの手つきが荒くなり、勢い余ってジャムが床に飛び散った。

エルヴィンドは構わず続ける。

「だがともに神殿に行ったあの日……彼女が心の内を吐露しているのを聞いてしまったのだ。彼女は私が傍にいることに気付いていない様子だった」

「心の内、といいますと？」

「……私に恩返しがしたいと。寂しそうな私の傍にいたい、と」

ノアは思わずエルヴィンドのほうを振り返ってしまった。

驚きに見開いたノアの目が、悩んでいるという割に満更でもなさそうな表情で椅子に腰掛け、小さなテーブルに頬杖《ほおづえ》をついている主の姿を捉《とら》える。

ちなみに振り返った拍子に、さっき床に飛び散ったジャムを靴の先で踏んづけてしまった。

「リディア様が？　そうおっしゃったんですか？　あのリディア様が？」

思わず念を押してしまうほど、ノアには信じられないことだった。

リディアはそういった己の感情は内に秘めるほうだと思っていたからだ。特にエルヴィンドに対しては遠慮がちな面があると常々感じていたのに、声に出して吐露するほどに強い想いを抱えていたとは。

ノアは思わずエルヴィンドに歩み寄った。歩くたびに靴の裏についたジャムがぺとぺとと床に張り付く不快な感触があるが、構わず主に詰め寄る。

「それで、それを聞いてエルヴィンド様はどう思われたんですか」

「……私も、彼女が美しいと思うものをもっと見せてやりたい、と……だからあれから毎日、彼女の身体に障らない範囲で森を散策したりしているのだが」

躊躇《ためら》いがちにそう呟《つぶや》く主に、ノアは思わずジャムまみれの木べらをずいと突きつけた。

「だったら何も問題ないじゃないですか。森をそぞろ歩くついでに、さっさと花嫁の証が何なのかリディア様に教えて差し上げたらいいだけの話でしょう」

傍から見ている分には二人の距離感はまだ十分ぎこちないのだが、実は気持ちの面ではかなり急接近していたのだ。互いに互いの喜ぶことをしてあげたいと思うなんて、そんなもの、この先相思相愛になる以外にどんな道があるというのだろう。いや、確かに未来のことは誰にもわからないが。そしてリディアの方は、自分の気持ちをエルヴィンドに知られているなんて露ほども思っていないだろうが。

エルヴィンドは木べらの先から滴るジャムを目で追いながら答えてくる。彼は周囲に気心知れた者しかいないとき、動いているものをひたすら目で追いかける癖があるのだ。我が主ながら、普段は冷静で威厳ある美青年なのに、こういうところに獣っぽさが出るんだよなと思う。

本人に言うわけにはいかないが、猫っぽいというか。

「口で説明するのが難しいのだ。いや、衝立《ついたて》か何かを置いて、それを隔てて説明すればいいのか……？」

「何がいいのか悪いのかさっぱりわからないんですが」

「適切な距離感を保たなければならないだろう。もちろん乱暴なことをするつもりなど毛頭ないが、状況的に万が一にも彼女にいらぬ警戒を強《し》いるわけにはいかない」

「待ってください、全然状況がわかりません。一体何をしようとなさってるんですか？」

「だから、花嫁の証《あかし》を彼女本人にわかるように説明しようとしている」

主は再び大きな溜息を吐き、手で目もとを覆うようにして項垂《うなだ》れた。

「……恐らく、背中だ」

え、とノアは眉《まゆ》を顰《ひそ》める。

花嫁の証というのが具体的に何を指すのか、エルヴィンドの従者であるノアはもちろん知っている。

それは花嫁の身体に生まれつき刻まれていて、花嫁が十八歳の誕生日を迎えると同時に、刻まれたそれによって花嫁にも啓示があるという。

確かにそれが手足や腹など本人から直接見える場所に刻まれているのなら、本人が気付かないはずがない。

そして彼女はこの屋敷に来るまで、鏡を見たことがなかったという。今に至るも、鏡を見るという行為そのものに慣れずに、身支度を整える際の最後の仕上げにぱぱっと鏡の前に立つ程度であると。

ということは、それは本人の目からは直接見えず、鏡に映してしっかり見ようとしないと見えない場所――つまり身体の背面にあるということだ。

それはわかった。だが。

「……それの何が問題なんですか？」

眉を顰めたままノアが問うと、エルヴィンドは今までで一番大きな溜息を吐いた。

「背中を確かめてもらうには、衣服を脱いでもらわねばならないだろう」

ああ、とようやく合点がいって、ノアは木べらを持ったままぽんと手を叩《たた》いた。

「お二人の距離感では、確かにまだ肌を見せてもらうには早すぎますね。理解しました。何せまだお互いにお名前を呼び合うことすらなさっていないんですから」

頷《うなず》くと、ノアはくるりと主《あるじ》に背中を向け、再び鍋《なべ》に向き直った。

背後から主の深い深い溜息が聞こえるが、これぱかりは本人たちの間で何とかしてもらわねばならない問題なのだから仕方ない。自分がキューピッド役ができる場面ならば喜んで引き受けるけれども。

（まだ時間はかかりそうだなぁ）

じれったい主たちなどどこ吹く風で、ノアが歩き回ったことによりジャムが無惨に塗り広げられてしまった床は、屋敷自身の自浄作用により実に迅速に、さっさとすっかりきれいになっていた。

＊＊＊

翌日、リディアはエルヴィンドと連れ立って、散歩がてら神殿へと赴いた。ノアが昨日せっせと拵《こしら》えてくれたジャムが、保存がきくとはいえ三人で消費するにはなかなかな量になったので、その一部を馴染《なじ》みの神官たちへお裾《すそ》分《わ》けすることになったのだ。ちなみに参拝者たちから聖獣様にと届けられる贈り物の数々も、足が早いものや数が多いものは同様にお裾分けとなるらしい。参拝者のほうも、それを見越して数を多めにしてくれたりもするそうだ。

瓶詰めのジャムを神官たちに手渡した帰り際、エルヴィンドがその内の一人に呼び止められた。神殿の運営について何か伝達事項があるらしく、要は仕事の話なので、リディアはそっと席を外して神殿の外に出た。

せっかくだから広場を散歩でもして待っていようか。そう思った矢先、ふと脳裏に浮かぶものがあった。

(……そうだ。あのときの白いバーリ・カット)

あれ以来姿を一度も見ていないが、元気でいるだろうか。

もしかすると同じ場所に行けばまた会えるかもしれないが、人間に幻を見せるという湖に一人で近づくことはできない。屋敷から神殿方面に向かうときは、湖沿いの遊歩道を必ずエルヴィンドと一緒に歩くし、そうでないときは湖から離れた別の道を迂回《うかい》するようにしているのだ。ここでエルヴィンドとの約束を破るわけにはいかない。

それにいくら現実でないとはいえ、あんな恐ろしい光景を目撃するのはもうこりごりだった。あの日以来、湖で溺《おぼ》れるビルギットの姿を時々思い出してしまって、本当に無事なのかを彼女の自宅まで走っていって確かめたい衝動に駆られるほどなのだ。そのたびにエルヴィンドが心配ないと宥《なだ》めてくれるのだけれど。

そんなことを考えながら、ふと視線を巡らせた矢先のことだった。

視界の端で、小さな子どもが一人、森のほうへ走っていくのを捉えた。

え、と見咎《みとが》めてそちらを目で追う。

少女だ。灰茶色の髪をざんばらに伸ばした、十歳にも満たないように見える痩《や》せぎすの女の子が、目を疑うようなぼろを纏《まと》って駆けていく。遠目に見ても、保護者からの世話をほとんど受けられていないのが明らかな姿だ。神殿への参拝客が連れている子どもたちとはまったく違う異質さもさることながら、リディアの胸をざわつかせたのは別の理由だった。

（あっちは湖だわ）

少女は湖を近くで見たいのだろうか、まっすぐにそちらへと走っていく。後を追う大人の姿も、少女の存在を気に留めている大人の姿もない。リディア以外、誰も少女に気付いてすらいない。

どくん、と心臓が嫌な痛みを伴って収縮した。

（柵《さく》は直してもらったって聖獣様も仰《おつしや》ってたわ）

しかしあの柵はリディアですら簡単に乗り越えられる作りだったのだ。小さな子どもならば更に容易だろう。

無邪気に柵を乗り越え、足を滑らし、暗い水の中に落下する少女の姿を鮮明に想像してしまう。

（だ、大丈夫よ。あんなに小さな子だもの、一人でこんなところに来ているはずない。親御さんがすぐに気付いて連れ戻しに行くはずだわ）

しかしやはりそんな素振りを見せる大人は、見える範囲には一人もいない。

そもそも自分の子どもにあんな身なりをさせている親が、神殿に一緒に参拝などしに来ているだろうか？

(——いけない)

あの少女の存在に気付いているのはリディア一人だ。

リディアは何かを振り払うようにかぶりを振り、少女の後を追って駆け出した。また恐ろしい幻を見ることになってしまっても、それはきっと、目の前で子どもを一人みすみす危険な目に遭わせるよりは遙《はる》かにましだろうと信じて。

「——待って！　そっちは危ないわ！」

少女の背中に必死に叫ぶが、少女は振り返らない。聞こえていないのか、聞こえているけれども目の前の湖に夢中になっているのか。

ほどなく湖と、それを囲む柵が見えてくる。その柵の手前で少女は立ち止まった。

リディアはほんの少しほっとして、少女に歩み寄る。

「あまり湖に近づいてはだめよ。お母さんか、お父さんはどこ？」

しかしやはり少女は何も答えず、振り返りもしない。

と、横合いから少女がもう一人、急に飛び出してきた。灌木《かんぼく》に隠れていたのだろうか。

誰かがいるなんてまったく気付かなかった。

しかしリディアが驚いたのは、その少女の顔に見覚えがあったからだ。

「……ヨセフィン、お嬢様」

そう。飛び出してきた黒髪の少女は、幼い頃のヨセフィンそっくりだったのだ。ヨセフィン似の少女はフリルやリボンのたっぷりついたワンピースという出《い》で立《た》ちに似合わない、無骨なバケツを両手に抱えている。

背筋がひやりと冷える。そのバケツにも見覚えがあった。あれはリディアが八歳の頃、オーケリエルム家の使用人として働かされ始めた当初だ。仕事が満足に覚えられず、イサベレに叱責されてばかりだったリディアを、ヨセフィンはいつも愉悦を浮かべた笑みで眺めていた。そしてある日、バケツを抱えてリディアのもとにやって来て、こう言い放ったのだ。

「あんたはどんくさいから、ママのおしおきだけじゃ足りないんでしょ？　あたしもおしおきを手伝ってあげる」

目の前の黒髪の少女が、あの日のヨセフィンの言葉をそっくりそのままなぞるように繰り返す。ぼろを纏《まと》った少女のほうは、その言葉に怯《おび》えて後退《あとずさ》る。

——あの日のリディア自身のように。

あのバケツの中には、トイレ掃除をしたモップを洗った後の汚れた水が入っているはずだ。八歳のあの日、リディアはそれをヨセフィンによって頭から浴びせられたのだから。

目の前の少女二人が湖が見せる幻であろうことは、今やリディアの念頭から消し飛んでいた。黒髪の少女がバケツを構え、ぼろを纏った少女にじりじりと近づいていく。そして中の液体が少女にぶちまけられる直前、リディアは咄嗟《とっさ》に二人の間に割って入っていた。

それは無意識に、過去の自分を救ってあげたいという気持ちが働いたからかもしれない。

あのとき庇《かば》ってくれる人など誰もいなかった八歳の少女を、今、リディア自身が庇ってあげられるなら、と。

あの日のように冷たい汚水が自分の頭から降り注ぐのをリディアは覚悟した。しかし実際にかかったのは肩から胸にかけてだった。リディアは小柄とはいえ今や十歳のヨセフィンに比べたら遙かに長身なのだから当たり前だが。

それよりも問題はかけられた液体のほうだった。まったく冷たくないどころか、ひどく生温かかったのだ。

液体をぶちまけられた自分の上半身を見下ろした途端、リディアは思わず悲鳴を上げた。

くすんだ青と生成りの細い縦縞《たてじま》模様のワンピースの半身が、真っ赤に染まっていたのだ。

鉄錆のような嫌な臭いが上がってきて、その赤い液体の正体が何なのかに嫌でも気付かされる。地面に放り捨てられたバケツからは、豚か何かのものと思《おぼ》しき内臓がいくつも転がり出ていた。

いつの間にか二人の少女の姿が影も形もなくなっていることなど、リディアは気付かない。

（早く、早く洗い流さなきゃ——）

何かに追い立てられるように、リディアは柵を越えられる場所を探した。修理された柵は以前のものよりも乗り越えるのが難しい作りになっていたのだ。不自然なほど死に物狂いになって、湖の岸辺に出られる場所を探す。

それればかりかリディアは、ここが少し離れた場所には多くの人がいる屋外であるということも忘れ、ワンピースの上半身のボタンを外し、両の袖《そで》から腕を抜いて、下着ごと下にずらした。辛うじて胸もとは押さえているものの、半裸に近い状態である。

（早く、早く……！）

焦りが頂点に達し、もう目の前の水のことしか考えられなくなったとき、背後から声がかかった。

「——何をしている!?」

珍しく狼狽《うろた》えたような声だ、と頭の片隅で思う。その一欠片《かけら》の冷静さが、リディアの意識を激しい焦燥からひととき引き戻す。

振り向くと、驚いた顔をしたエルヴィンドがこちらに駆け寄ってきている。

「……聖獣様」

呟《つぶや》き、リディアは自分の状況を思い出した。上半身が家畜のものと思われる血でべったりと濡《ぬ》れているのだ。だめ、と口の中で呻《うめ》く。

「お前の悲鳴が聞こえたから、何かあったのかと——どうしたというのだ。その格好は

「……」

「だ、だめです! 近づかないで、血で汚れてしまいます」

リディアは首を横に振って後退る。が、エルヴィンドは眉《まゆ》を寄せるだけで、やはりこちらに近づいてくる。

「何を言っているんだ? 血とは一体……、まさか」

「だめ、早く湖で血を落とさなきゃ……!」

やはりか、とエルヴィンドは呻いた。そして柵を乗り越えようとするリディアに駆け寄ったかと思うと、その身体の動きを止めるように抱きすくめる。

「いけません、聖獣様……!」

「落ち着くんだ。よく見ろ。幻だ」

「まぼ……ろし……?」

「そうだ。どこも血に濡れてなどいない」

柵から乗り出した上体が、湖に鏡のように映っている。露《あら》わになっている肩も胸も腕も、腰のあたりでなびいている両袖《りょうそで》も、彼の言葉通り、真っ赤に染まってなどいなかった。

リディアは安堵《あんど》と、そして急激に押し寄せてきた情けなさとで、エルヴィンドの腕の中で脱力してしまった。彼に支えられていなかったら座り込んでしまっていただろう。

「……ごめんなさい。わたし、また……」

「一人で湖に近づくなと言っただろう」

「本当に、ごめんなさい。湖に近づこうとする子どもを止めようとして……あの子も幻だったのですね」

リディアは子どもの頃の自分の姿がどんなだったかを知らない。湖のほうへ駆けていく後ろ姿の不自然さに気付くことができていれば、こんなに湖に接近することはなかったのに。

けれど幻とわかった今、不思議な安堵感もある。かつて誰にも守ってもらえなかった哀れな少女を、幻の中とはいえ、リディアは自分自身で守ってあげることができた。幻であっても、あのヨセフィンに対する盾になることができたのだ。

そしてそれは、あの日幻の中のビルギットを助けられなかったリディアの、胸の奥をじくじくと蝕《むしば》み続ける罪悪感すらをも、何だか救ってくれるような気がした。

様々な感情がない交ぜになって泣き出しそうなリディアに、エルヴィンドは首を横に振った。

「……お前はどうやら他の人間よりも少々、湖の影響を受けやすいようだな」

言ってエルヴィンドは、リディアを抱きすくめる腕の力を緩めた。

「……早く服を直せ」

言われてようやく、リディアは自分があられもない格好で男性の前に立ってしまっていることに思い至った。

状況が落ち着いて安堵したことで、急に恥ずかしさがこみ上げてきて、慌ててワンピースの袖に腕を通そうとする。が、焦れば焦るほどうまく腕が通らず、気ばかりが急《せ》いてしまう。

「あっ……」

布地を掴《つか》んでいた手が滑って、上半身の布が腰のあたりまで落ちてしまった。慌てて胸もとを手で隠し、座り込む。なぜ自分はこうも彼の前で無様な姿を晒《さら》してばかりなのだろう。情けなくて涙がこみ上げてきた。

そのとき――背後に立つエルヴィンドが、息を呑《の》んだのがわかった。

「……やはりそうか。背中に、花が」

彼が呆然《ぼうぜん》と呟く。

リディアには彼の言葉の意味がわからなかった。今、確かにリディアの背中は露わになっていて、エルヴィンドに素肌を晒してしまっている状態である。

(……花？)

彼のほうを窺《うかが》うように顔だけで振り返る。すると彼は湖に向かって腕を一振りした。あの地下空間で光の粒が彼の腕に従って舞ったのと同じように、今度は湖面から、水が彼の背丈ほどにまで舞い上がる。その水は鏡のように空中に留《とど》まった。まるで湖面に鏡がぽっかりと浮かんでいるような格好だ。

エルヴィンドは周囲に人けのないことを確認すると、リディアを促した。

「自分の背中を見てみろ」

そう言って水でできた鏡のほうを示す。リディアはおずおずと、言われた通りに背中を向けてみた。

リディアの白い背中には——一輪の花が咲く姿が大きく刻まれていた。

フリルのような花弁が幾重にも重なった花だ。大輪のシャクヤクに似ている気もするが、少し違う。見たこともない花だ。それが肌よりも濃い色で焼き絵のように描かれているのだ。

まさか自分の背中にそんなものがあるとは思いもよらず、ただ見入ってしまう。

(こんなの……一体いつから？　奥様は知っていたの？)

それが、とエルヴィンドは静かに告げた。

「お前が私の花嫁であるという何よりの証《あかし》だ」

——聖獣の花嫁の証。

「『それは花嫁が生まれ落ちるとき、種子の形の痣《あざ》として刻まれる。花嫁が十八になる深夜、その種子は花開き、其方《そなた》に啓示を与える』」

エルヴィンドは書物の内容を暗唱するような調子でそう言った。その文言の雰囲気には聞き覚えがあった。

「それは……もしかして、星の巡りにそう記されていたのですか？」

彼は頷《うなず》いた。

「遙《はる》か昔のことだ。それ以来、これだけを頼りに花嫁を探し続けていた」

そうだ。確かにエルヴィンドは啓示を受けてリディアを見つけ出したと言っていた。

「あの夜、彼方《かなた》で花が咲いたのがわかったのだ。見たこともない花が開く様が、頭の中に鮮明に刻まれた。その花は確かに、お前の背中に刻まれているものと同じ形をしていた。私はそれこそが啓示だと直感し、その花が咲くほうを目指して空を翔《か》け――その先に、お前がいたのだ」

リディアの目に涙が溢《あふ》れてくる。さっきまでの、情けなさを恥じる涙とは違う。もっと純粋な、安堵と、喜びの涙だ。

エルヴィンドが腕を一振りした。その手に操られて、水でできた鏡がばしゃりと崩れ、湖に落ちる。後には嘘のように凪《な》いだ湖面だけが残る。

座り込んだままはらはらと涙を流すリディアの傍に、エルヴィンドが膝《ひざ》をついた。そして自分の上着を脱いで、リディアの肩に掛けてくれる。

「お前は間違いなく私の花嫁だ、リディア」

そう語りかけてくる穏やかな声も、上着の上から背中を撫《な》でてくれる手も――何もかもが、優しい。

否、今までもエルヴィンドは優しかった。けれどリディアのほうにそれを受け取れるだけの入れ物がなかっただけだったのだ。

自分が本当は何の役割もない、生きる価値のない人間のままなのではないかという疑念。

今までどうしても拭《ぬぐ》いきれず、胸のどこかに引っかかり続けていたそれが取り払われた今、生まれて初めてのあまりの幸福感で溶けてしまいそうだった。今ならそのまま消えてしまってもいい、と思うほどに。

「……わたし、幸せです。エルヴィンド様」

彼に微笑みかけたら、目尻《めじり》からまた涙が溢れた。

「これからも、あなたのお傍にいてもいいのですね」

ふわりと、温かい腕が抱き締めてくれる。そのまま後頭部を引き寄せられたので、肩口に顔を埋《うず》めると、リディアの部屋の庭先のようないい香りがした。陽の光を浴びて煌《きら》めく森の、草花の香りだ。温かく心地好《よ》く、いつまでも腕の中にいたいと思う香りだ。

エルヴィンドがリディアの耳もとに頰をすり寄せてきた。

その仕草が、彼の瞳《ひとみ》と同じようにやはり猫のようで、リディアは思わず笑った。


二人連れ立って屋敷に戻ると、玄関先の花壇に水をやっていたノアが、目を見開いてこちらを見つめたまま、手に持っていた金属製のじょうろをごとりと落とした。

「……まさかこんなに早いとは思いませんでした」

よくわからないことを言いながらじょうろを拾う少年の姿に、リディアとエルヴィンドは顔を見合わせる。

「どういう意味だ？」

「いえ。こちらの話ですのでお気になさらず。仲睦《なかむつ》まじくて何よりです」

言いながら水やりを再開するが、照準が微妙に合っておらず、靴の先が濡《ぬ》れてしまっている。いつも年齢よりも遙かに大人びて見える彼が、明らかに動揺している様子なのが不思議だった。出かける前と違うことといえば、リディアがエルヴィンドの上着を借りたままだということと、その下に着ているワンピースが少々乱れているということ、そしてエルヴィンドがリディアの手をいつもよりしっかりと握ってくれていて、なおかつリディアにしっかりと身体を寄せてくれているということぐらいなのだけれど。

そのままよくわからないところに水を撒《ま》き続けるノアの横を首を傾げつつ通り抜け、リディアはエルヴィンドとともに彼の書斎へと向かう。渡したいものがあるから付いてきてほしいと言われたのだ。

初めて入る彼の書斎は、守り木が張り巡らされている他は、いわゆる青年実業家の仕事部屋という風情だった。大きな机があって、椅子がある。古い書物から最近出版された新作までを一通り網羅した書棚があって、机の上にはペンとインク、書類、様々な社名の入った封筒が載っている。

思っていた以上に、人間社会に普通に溶け込んで生活しているのだということがわかる部屋だった。もっと物語に出てくる魔法使いのように、不思議な道具が所狭しと並べられた部屋を想像していたのだけれど。

考えていることが顔に出ていたのだろうか、エルヴィンドが憮然《ぶぜん》とした表情でこちらを振り向いた。

「一応、これでもアーレンバリで事業を展開する経営者だからな」

「あ……ごめんなさい。そうですよね」

「神殿に奉納される寄付金で暮らしていると思っている者もいるようだが、寄付金はすべて神殿の運営や修繕、孤児院や救貧院の運営に充《あ》てているのだ。事業で得た金銭の余剰分もな。千五百年もの長い間、仕事もせずに遊び暮らすのは無理だ。退屈すぎる」

やはりそうなのか。リディアは妙に納得した。

(生き甲斐《がい》は誰にだって必要だものね)

エルヴィンドは何やら机の引き出しを探っている。そして何かの包みを取り出した。指先で摘《つ》まめるほどの小さな包みだ。ヒェリ・バーリの伝統的な製法で織られた布きれで、年季が入ったものなのか少々煤《すす》けて、表面が毛羽立っている。随分と長い間、引き出しの中で保管されていたようだ。

エルヴィンドはその包みを開き、リディアに差し出してきた。反射的に受け取ると、中には一粒の小さな種が載っている。リディアが見たことのない植物のものだ。

「これは？」

「聖獣の花嫁だけが育てられる花の種だ、と掟《おきて》が告げていた」

また例の星の巡りのことだ。

「花にはいくつかの使い途《みち》があるそうだが、それは花嫁にしかわからないらしい。お前なら活用する方法をすぐに見つけられるだろう。お前には花を育て、それを薬にする才があるのだから」

褒めてもらえるととてもくすぐったい。が、今はそれ以上に、早くこの種を植えてみたくて仕方がなかった。

「では、お花が咲いたらお薬に加工してよいものなのですね」

「ああ。私に読み取れたのは、いくつかある使い途のうち一つだけだが――舞い散る火の粉に襲われたとき、花弁を一枚火にくべると、その火の粉をひととき散らすことができる、と」

「……火の粉？」

リディアは首を傾げた。もし火事でも起きたときに、この花の花弁を一枚その火にくべたら、瞬く間に鎮火できるとか、そういうことだろうか？　しかしそれは随分と薬の領分を超えてしまっている気がするのだが。

するとエルヴィンドは、種を持つリディアの手を自分の手で包み込んだ。不意に触れた彼の体温にどきりとしてしまう。

「お前は湖の幻のような類《たぐ》いのものを引き寄せやすいのかもしれない。もしそれ以上に悪いものがやって来て、もし私がお前を庇《かば》うことができなかったら――そのときはきっと、この花がお前の助けになるだろう」

触れられた手から全身に熱が巡って痺《しび》れていくようだ。彼に触れられるなんて初めてではないのに。

心臓が爆発しそうだから手を放してほしいのに、ずっと触れてもいてほしい。

その熱を誤魔化すようにして、リディアは微笑んでみせた。

「わかりました。では、聖獣様のご加護だと思って、このお花を大事に育てますね」

自室に戻ったリディアは、もらった種をさっそく庭の花壇に植えてみた。

アイノが自分の隣にスペースを空けてくれたので、そこの土をありがたく使わせてもらう。

種の上から土をかけ、水をやるのを、アイノとケビとロキが団子のようにくっついて並んで楽しそうに眺めている。その愛らしい姿を微笑ましいと思うと同時に、さっきの書斎でのエルヴィンドの態度がリディアにはどうにも気に掛かっていた。

「聖獣様のご加護だと思って、って言ったら、急に残念そうな顔になったって？　ご主人が？」

ケビが長い髭《ひげ》を動かしながら問い返してくる。リディアは溜息《ためいき》とともに頷《うなず》いた。

「もしかして、崇拝の対象みたいな言い方をしてしまったのがよくなかったのかしら……」

うーん、とアイノが首を傾げる。

も？」

「確かに一緒に暮らしてる相手から言われるには、ちょっとよそよそしい台詞《せりふ》だったか

「や、やっぱりそう？」

「うん。そこは多分、『エルヴィンド様の代わりだと思って』とかそういうのがよかったかもね」

リディアは思わず尊敬の眼差《まなざ》しを小さなねずみに向けてしまった。

「アイノに助言をもらって過ごしたら、誰ともすごくいい人間関係を築けそうだわ」

ふふん、とアイノは器用に胸を反らす。

リディアがじょうろを赤い屋根の小屋に戻そうと歩き出すと、ロキがちょろちょろとその後を付いてきた。ちなみにアイノとケビはもう各々《おのおの》好き勝手に遊んでいる。妖精《ようせい》たちは基本的に自由気ままなのだ。

「ねぇリディア。さっきの種さ、ちょっと気になることがあるんだけどぉ」

「気になること？」

リディアはじょうろを片付けるついでに小屋の中を軽く整頓《せいとん》しながら、ロキの言葉に耳を傾ける。

ロキは箒《ほうき》の長い柄をちょろちょろと上ってきて、リディアと視線を合わせた。そして前足を耳打ちするように挙げる。

「ぼくね、ちょっと前に、外の森に棲《す》んでる妖精から聞いちゃったんだ。その妖精も別

の誰かから聞いたって言ってて、又聞きの又聞きだから信じなくてもいいとは思うんだけどぉ……でも一応、伝えておいたほうがいいかもっていうか……」

「なぁに？　言ってみて」

リディアは促すようにロキのほうへ顔を寄せてみせる。

するとロキは言い辛《づら》そうに言い淀《よど》んでから、意を決して口を開いた。

「あのね……さっきの種が育って花が咲いて、その花びらを燃やしたらね」

——花弁を一枚火にくべると。

ついさっきエルヴィンドから聞いたばかりの話だ。だからその先に続く内容を知ってはいるけれど、リディアはひとまずロキの言葉の続きを待ってみる。

だが次いで告げられたのは、まったく予想外の言葉だった。

「花が燃える煙から毒が出て、その……それを吸うと、花嫁は死んじゃうんだって」

「——え？」

どくん、と心臓が嫌な痛みを伴って大きく鳴る。

それがあまりにも冷え切った声だったからか、ロキは慌てたように両の前足をぶんぶんと振った。

「きっとただの噂話だよ。そんなの嘘に決まってる。ご主人がせっかく見つけたお嫁さんにそんな危険なものを渡すはずないもの。だけど、使い方に気を付けたほうがいいものなのは間違いないとは思うんだ。だからリディア、花が咲いたら、使いどきには注意して」

必死に言い募るロキの、柔らかい毛並みの愛らしさは、しかしいつものようにリディアの心を慰めてはくれなかった。

強固な守りに閉ざされていた城壁にほんの少し隙間が開き、そこから黒い靄《もや》が——あるいは火の粉が入り込んでくるかのように、死という言葉は、リディアの頭の中に瞬時に刻み込まれて離れなかった。

それが人間の——自分の意思ではどうしようもないところから侵入してきて、心の深いところを摑み徐々に蝕《むしば》んでいく、そういう類いの存在であるなどとは、この時のリディアは知る由もなかったのだ。

夜半、どうしても寝付けなかったリディアは、何度も寝返りを打った挙句にとうとうベッドから起き出した。

ロキの話を聞いて以降、どんなに考えないようにしても思考が勝手に悪いほうへと向かってしまう。夕食の席でも、そのせいで気もそぞろで、エルヴィンドに話しかけられても避けるような態度を取ってしまった。

(きっと不快に思われてしまったわよね……)

何だか夜風に当たりたい気分だ。

何か喉《のど》の奥、いやさらにもっと奥のほうで火種が燻《くすぶ》っているような熱さがあって、その熱を冷ましたい。中庭なら人工の池もあるから、水面《みなも》の冷気が風に乗って、その冷たさで気分も晴れるかも。

中庭に向かうため、部屋を出る。屋敷内は妖精たち含め、しんと寝静まっている。

リディアの足取りは、なぜか夢の中にいるようにふらふらと覚束《おぼつか》ない。周囲の風景もどこか黒いインクを垂らした霧に覆われているような、あるいは夜闇に溶けようとしているような。ひょっとして自分は本当は今ベッドの上で眠っていて、ここは夢の中なのではと考えてしまうほど、見慣れているはずの屋敷内の景色がどこか見慣れないもののように思える。

扉を開けながら――リディアの部屋を出てから中庭までの道のりには扉などないはずなのに――、リディアはふわふわとした足取りに反していやに冷静な頭の中で、ロキに聞いた話を反芻《はんすう》する。

――あの花を燃やすと、花嫁は死ぬ。

(そんなこと、あるはずない)

あのエルヴィンドが自分を殺す？

(理由がないわ。エルヴィンド様がわたしを、こ……殺して、それで一体どんな利益を得られるというの)

殺したいほど憎まれているようには思えない。

だってエルヴィンドが自分を見つめる眼差《まなざ》しは、イサベレやヨセフィンのそれとはまるで違うのだから。

(ロキだって、ただの噂話だって言ってたじゃない)

だが火のないところに煙は立たない。噂が立つからには、それだけの理由があるはずだ。

思考はあの地下空間へと続く螺旋《らせん》階段のようにぐるぐると巡る。

――お前には、生きている価値がない。

だったら。

(もし――もし、わたしが死ぬことには、価値があるのだとしたら……?)

さく、と草に覆われた土を踏みしめる感触に、リディアは急に我に返った。

はっとして顔を上げる。中庭に向かっていたはずなのに、全然違う景色が周囲に広がっている。

大きな月と、その月影をそのまま写し取ったような水面。それはどう見たって、中庭のあの池などではなかった。

どうして、とリディアは思わず喘《あえ》ぐ。

(わたし、お屋敷の中にいたはずなのに……どうして湖に)

立ち止まり、後退《あとずさ》ろうとする。

そのとき――湖と自分との間に人影があることに、リディアは不意に気付いた。

いつからそこに立っていたのだろう。まったく気付かなかった。こんなに目の前に、湖へ向かう視界を遮る場所に立っているのに。

「あ……あの」

黙っていることが却《かえ》って恐ろしく感じられて、リディアが思わず声を掛けると、人影はこちらを振り向いた。見たことのない青年だ。神官の誰かかと思ったけれどそうではない。あまり特徴のない顔立ち。すっと背筋の伸びた立ち姿は、まるで本で読んだ軍人だ。

「やあ。君が聖獣の可哀想な花嫁か」

青年は天気の話でもするような軽い調子でそう言った。

え、とリディアが聞き咎《とが》める間もなく、青年は口の端に笑みを浮かべる。

黒い靄が足もとから急激に這《は》い上がってきて、リディアを覆い尽くす。

見えないほど微細な火の粉が、確かな熱を持ってリディアの中で渦巻く。

「君には心から同情するよ。その若さで生贄《いけにえ》だなんてお気の毒に」

青年は呼気がかかりそうなほど近づいてきて手を伸ばし、リディアの顎《あご》を掬《すく》う。

何も言えず、ただ震えることしかできないリディアの唇を、青年の親指がなぞった。

視線を目の前の青年から外すことができない。黒い靄にがっちりと頭を固定されてしまっているかのように。

それなのに、目を一度も逸《そ》らしていなかったにも拘《かか》わらず——青年の顔が、さっきまでとはまったく別人であるようにリディアには見えた。

黒い靄を纏《まと》ったその姿。

人間ではありえない、透き通った金色の双眸《そうぼう》。

エルヴィンドとよく似た顔立ちの、エルヴィンドとは似ても似つかない邪悪な笑み。

その歪《ゆが》められた唇の端から覗《のぞ》くのは、二叉《ふたまた》に分かれた舌先だ。

まるで黒い蛇のようなその男が、リディアの耳もとに唇を寄せてくる――

「教えてくれよ。獅子《しし》に食われて死ぬってのが、一体どんな気分なのか」

――甘い毒のようなその声が頭の中に響くと同時、リディアの目の前が暗幕を引いたように真っ暗になった。

四ノ章 ✦ 蠢動

国土に都市国家ヒェリ・バーリを擁する国、アーレンバリ共和国。

遥《はる》か昔、一頭の獅子――聖獣ファフニールが少年聖者にお告げを与えて作らせたというこの国において、しかし近代化の進む現代では、それは一種のお伽噺《とぎばなし》である。

事実かもしれないし、そうではないかもしれない。ヒェリ・バーリで人間の姿で暮らしているという聖獣も、本物の聖獣かもしれないし、そういう役割を冠されているだけの普通の人間かもしれない。

アーレンバリの人々にとっては、それはあまり重要なことではないのである。ヒェリ・バーリは独立した一つの国であり、ある種巨大な宗教施設のような扱いなのだ。外国人が下手に触れてはならない禁制の地。触りさえしなければトラブルに発展することもない。古めかしい街並みと自然が多く残る、田舎の景観を楽しみたい都会人のための観光地――要はそんなような立ち位置の場所なのだった。

他方、かの地の党首であるエルヴィンド卿《きょう》に関してはその限りではない。

見目麗しく、人間離れした美と威厳に満ちた、若き青年実業家であり資産家――その評判はアーレンバリにおいては、『外国で暮らす夢の王子様』あるいは『手の届かない憧《あこが》れの劇場スター』に近しいものである。

しかも長く独身であるそのエルヴィンド卿は、たった一人の花嫁を探しているというのだから、世の乙女たちの——そしてその親たちの——心を惹《ひ》きつけてやまないのも致し方のないことだ。

だからエルヴィンド卿の婚姻の発表がヒェリ・バーリの神殿からアーレンバリへともたらされたとき、国内の反応はまさに悲喜こもごもだった。

隣国の元首とも呼ぶべき貴人なのだから、アーレンバリでも国を挙げて祝って然《しか》るべきというのが世論で、実際アーレンバリ軍部の上層部や、元貴族の資産家や財閥などは、祝賀の準備にこぞって取りかかった。ヒェリ・バーリへの祝いの使節団を組んだり、街のあちこちの商店で大きなフェアが組まれたりと、その内容は様々だ。恐らくエルヴィンド卿の絵姿でも印刷したマグカップやらクッキー缶やらタペストリーやらが数多く売り出されることだろう。

ある一部の者たちは、疑似失恋のような状態になって打ちひしがれていたり、またある一部の者たちは、今まで関心のなかったヒェリ・バーリの美しき党首に俄《にわか》に興味を抱いて、この祝い事に乗っかったりした。

何しろ千五百年ほども前から長きに亘《わた》って存在している宗教施設のトップだから、婚礼の様子は一般公開されないということもあって、アーレンバリの多くの人々にとっては「自分に直接関係はないけれど、おめでたいことだからとにかく祝おう」という類《たぐ》いのものなのだ。

しかしそんな中にあって、この慶事をまったく別の観点から注視している者たちが存在する。

アーレンバリ軍部の中において日頃から、都市国家のいち国教会に過ぎない神殿が政治的に力を持ちすぎることを良《く》く思っていない一派だ。

彼らは反聖獣・反神殿派と括られているが、現在のところ、その存在は軍部内で公然の秘密ではあるものの、表だって過激な活動や発言をしたりはしていない。しかし国民の中には過激な論調に傾倒してしまっている者たちもいる。彼らを扇動している、そのまさに大本こそが、軍部内の反聖獣・反神殿派の者たちなのである。

表向きには見えないということと、それが永遠に顕在化しないということは、必ずしも繋《つな》がらない。

アーレンバリ軍部の幹部ベンノ・アンデルと、その息子である若き軍人フェリクス・アンデルもまた、蠢動《しゅんどう》の時を虎視《こし》眈々《たんたん》と待つ者たちのうちの一人だった。

とはいえフェリクスにとっては、それは必ずしも自分の意思でそうなったというわけではない。

完全縦社会である軍部内において、自分より一つでも階級が上の者の命令は絶対だ。従わねば即営倉送りになったり、最悪、強制除隊という懲戒処分が下されてしまう。軍部が国を動かしているアーレンバリにおいては、軍人たちにとって強制除隊は、死にも等しい不名誉なのである。

だからフェリクスには、父であり上官であるベンノに一言一句違《たが》わず従う以外の選択肢はそもそも存在しないのだった。

フェリクスはその日の深夜、アンデル家の屋敷内にある父親の書斎に呼ばれた。防音壁で作られたその部屋は、普段は幹部同士の密談に使われることもある。

「失礼します」

声をかけて入室すると、ベンノは軍服姿のまま椅子に深く腰掛け、高い背もたれに体重を預けて葉巻を吸っていた。ウォールナット材の大きな書き物机の上には、高価な灰皿と、アーレンバリの特産品であるジャガイモを使用した蒸留酒の入ったグラスが置かれている。

同じく軍服姿のままのフェリクスは、扉の前で必要もないのに思わず敬礼する。

扉をしっかりと閉め、父親のほうへ近寄ると、ベンノは葉巻の灰を灰皿に落として息子をちらりと見た。

「父さん、新婚生活はいかがですか」

幹部である父親とは、軍部内で顔を合わせたり職務に関することを伝達したりすることはあっても、私生活のことを話すことはない。夕食も父親は家で、フェリクスは軍部内で取ることが多いので、そもそもあまり機会がないのだ。

少し前に、この屋敷には父親の再婚相手とその母親がやってきた。

再婚相手はフェリクスよりも年下の娘で、その母親ですらベンノよりもいくつか年下だ。フェリクスはその若き後妻に実際に会うまでは、彼女を哀れに思っていた。

ベンノは軍人としての地位を確立しておきながら、平和な世であっても戦乱の世であっても、一番豊かに生きられるのは商人だと理解している。だからあらゆる人脈を駆使して、親戚《しんせき》筋をアーレンバリでも一握りの上位の商人に仕立て上げた。彼にとってあと手に入れるべきものは、反聖獣・反神殿派にとって有利になる情報と、それを労せずして得られる人脈だった。此度《こたび》の結婚でわざわざヒェリ・バーリ出身の女を相手に選んだのは、それが理由に過ぎないわけだ。若くて美しい女を選んだのは、単に見栄の問題だろう。

親子ほども歳の離れた男に嫁ぐにしても、互いに愛し合っているのならば他人がとやかく言うことではない。だがそれがただ利用するのが目的だというのでは、あまりに若妻が気の毒だ。

そう思っていたのだが、実際に若妻とその母親に対面した瞬間、フェリクスは己の考えを改めた。

あの女どもは逆に相手を利用し返して、富と権力を貪《むさぼ》り尽くすつもりだろう。有り体に言えば遺産目当てだ。

老獪《ろうかい》な父がそれに気付いていないはずはないから、これから先の結婚生活は腹の探り合いになるだろう。彼女たちが思惑通りに遺産を分配してもらえるかどうかは、ベンノ次第なのだから。

本来ならばおめでたいはずの婚礼の席で、そんな殺伐としたことを考えたことをフェリクスは思い出していた。新婚生活がその後どんな様子かなんて、本当は毛ほども気にならない。あの若妻は夜な夜な繁華街を遊び歩いているようだし、若妻どころか巨体の母親までもがフェリクスに事あるごとに色目を使ってくるのだ。だからできるだけ顔を合わせずに済むよう、最近ではいっそ軍部の独身寮にでも入ろうかと考えているくらいだった。

ベンノは自分の妻とその母親の話を振られたにも拘《かか》わらず、極めて興味なさそうに、他人事《ひとごと》のように煙を吐いた。

「問題はない」

ごく短い返答に、フェリクスは肩を竦《すく》める。

「それで、俺に何かご用ですか？　反聖獣・反神殿派の何らかの作戦の決行がとうとう決まって、実行隊長に俺が選ばれたとか」

冗談のつもりでそう言ってみると、ベンノは感心したように片眉《かたまゆ》を上げた。

葉巻を銜《くわ》えたまま、口の端を吊《つ》り上げてにやりと笑う。

その反応にフェリクスは、まさか、と青ざめた。

「……本当ですか？」

「ああ。お前も少しは勘が働くようになってきたじゃないか」

さすがに眩暈《めまい》がした。いつかはこんな日が来るとは思っていたし、遂行するならば婚礼の祝祭の賑《にぎ》わいに乗じて、というのも可能性としてなくはないと考えてもいたが。

フェリクスは反論しようとして、諦《あきら》めて肩を落とした。上官命令にはいかなる内容でも逆らうことはできない。敵地に潜入しろと言われればするし、死ねと言われれば死ぬのが軍人の職務だ。

「……それで、一体どんな作戦なんです？」

「ヒェリ・バーリの聖獣が近々結婚することは知っているだろう」

「ええ、そりゃ勿論《もちろん》」

「花嫁が誰なのか、知っているか」

え、とフェリクスは首を傾げる。考えたこともなかった。どこかの貴族の末裔《まつえい》の娘とかそういう人物ではないのだろうか。

ベンノは短くなった葉巻を灰皿の上で揉《も》み消した。

「その花嫁というのはな、ヨセフィンの実の妹だそうだ」

衝撃の事実に、フェリクスは顎《あご》が外れかけた。

ヨセフィンは確かに見た目だけは美しいが――あの強欲で高慢なあばずれの妹が、聖獣の花嫁に？

「まさか。何かの間違いじゃないですか？」

「俺もそう思ったさ。だがヨセフィンも、イサベレまでもが間違いないと口を揃えるんだ。実際にオーケリエルムの屋敷に真夜中に聖獣がやってきて、妹を攫《さら》っていったと」

フェリクスは驚きを通り越して、もはや呆《あき》れてしまった。

聖獣って意外と女の趣味悪いんですね、と思わず口走りかけて、慌てて口を噤《つぐ》む。目の前にまさにそれに該当する人物が鎮座しているからだ。

「っていうか俺、妹がいたってのも今初めて知りましたよ」

「俺もあの二人に、聖獣の花嫁について何か役に立つ情報を持っていないか聞き出そうとしたときに知ったんだ。俺が反聖獣・反神殿派と知って黙っていたのかもな。もちろん作戦の詳しい内容はあの二人には話しちゃいない」

ベンノはグラスを手に取り、酒を一口飲んだ。

「いいか、フェリクス。作戦というのはこうだ。聖獣の花嫁――リディアという名の娘は、聖獣に拐《かどわ》かされた。逃げ出す気配もないらしいから、十中八九、神殿ぐるみでリディアを洗脳し、逃げられないようにしているんだろう。だがイサベレの実の娘である以上、正式な結婚の儀式が終わるまでは、リディアはアーレンバリの国民という扱いだ。そしてアーレンバリ国民は、例外なく軍部の庇護《ひご》下にある」

フェリクスは父親の思惑を悟った。腕を組み、その悪賢さに思わず唸《うな》る。

「なるほど。その囚《とら》われのリディア嬢を、聖獣のもとからアーレンバリへ助け出せってことですね。神殿に施された洗脳を解くためって名目で」

アーレンバリの法律では、行方不明者や失踪《しっそう》者の同居家族が転居する際には、当該の人物の住民票を家族が一緒に移していいことになっている。イサベレも当然そうしているだろう、実の娘なのだから。アーレンバリは法の盾のもと、正々堂々とリディア嬢をヒェリ・バーリから奪い取ることができるというわけだ。

「物わかりがいいな。さすがは俺の息子だ」

「そりゃあね、この父さんの息子として二十何年も生きてますから」

ベンノは笑った。出来の良い息子に心から喜んでいるようだった。

「他国の女を攫って嫁にしようとしたなんてのは、ばれたらとんでもない大問題だろう。それで聖獣を失脚させられればよし、隠蔽《いんぺい》しようとした神殿の権威を失墜させるための足がかりの一つにでもなればなおよしだ。もし花嫁が自分の意志だと主張しても、洗脳が解けていないと決めつけてやれば済む。どう転んでも勝算しかないぞ」

「でも父さん、リディア嬢を助け出すにはまず聖獣の棲処《すみか》へ侵入しなきゃならないでしょう。確かに俺も隠密行動の訓練は一通り受けてますけど、いくら何でもヒェリ・バーリのトップの屋敷に入り込むのは無理ですよ。こう、俺が侵入する間ずっと聖獣とか側近とかの目を逸《そ》らしていてくれる何かがあれば……」

「心配するな。策は既に講じてある」

さすがに周到なことだ、とフェリクスは嘆息した。どうあってもこの任務から逃れることはできないらしい。腹を括《くく》るしかないようだ。

まい。

リディア嬢とやらには個人的な恨みも何もないが、尊い犠牲になってもらうしかある

アーレンバリに保護した後は、リディア嬢には軍部内の収容施設に軟禁状態で一生を過ごしてもらうことになるが——聖獣の嫁取りなどという好機を逃したら、次はいつそんな機会が巡ってくるかわからないのは確かなのだから。

父親の部屋を辞した後、フェリクスは自室に戻り、迅速に身支度を整えた。

途中、ヨセフィンとイサベレが寄ってきて、何の作戦にリディア嬢が関わっているのかとしきりに訊《き》いてきたが、無論フェリクスはすべて躱《かわ》した。随分とリディア嬢のことが気になっている様子なのは確かだったけれども、肉親を心配しているようには到底見えなかったのだ。

フェリクスは憂鬱《ゆううつ》な溜息《ためいき》をひとつ吐き、軍部支給の保護色の外套《がいとう》を羽織った。

と、その時、外套を置いていたチェストの上から何かが絨毯《じゅうたん》の上に落ちた。手のひらに載るほどの、小さな円形のカードのようなものだ。

「……ん？　何だこれ？」

拾い上げると、どうやら酒場のコースターのようだった。店名や店のロゴマークが印字されたコースターは、昔から一部地域の酒場では名刺代わりに使われていて、客はそれを持ち帰るのが常なのだ。かつてはコースターを置いて帰ると「もう二度と来ない」

という意思表示だったらしい。今はもう形骸《けいがい》化してはいるものの、コースターを置いて帰ろうとすると常連客がこちらのポケットに押し込んでくる程度には染みついている、一種の文化だ。

ただしそれはアーレンバリの文化ではない。

「なんでヒェリ・バーリの酒場のコースターなんかが俺の部屋にあるんだ？　ヒェリ・バーリなんて行ったこともないのに」

フェリクスはその、ヒェリ・バーリの地名が入ったコースターを矯《た》めつ眇《すが》めつした。ヒェリ・バーリが件《くだん》のコースターの文化の発祥で、それが今も酒場に残っていると知識として知ってはいるけれど、フェリクス自身はヒェリ・バーリに何の関心もないのだ。こんな任務でもなければ一生足を踏み入れることもなかっただろう。

フェリクスは首を傾げつつ、コースターを暖炉の中に放り込んだ。火は入っていないが、掃除に入った使用人が見つけて回収しておいてくれるだろう。

フェリクスはとうとう、そのヒェリ・バーリのコースターがなぜ自分の部屋にあったのかに気付かないままだった。

だがそれは、興味のないことは追究しないという元来の性格がそうさせたのではない。

フェリクス自身も己の異変には一切気付けないまま、それは確実に進行して——否、侵攻していたのである。

＊＊＊

「聖獣様、哀れな我らにお恵みを！」

「どうか扉を開けてくださいまし！」

玄関からひっきりなしに聞こえてくる叫び声とノックの音に、ノアは頭を抱えて溜息を吐いた。

数日前から突然、外国からの難民と思《おぼ》しき者たちがやたらと屋敷のドアを叩《たた》くようになったのだ。神殿が運営する救貧院ではそういう人たちの受け入れを行なっているといくら地図つきで案内しても、ただ小銭を恵んでくれればいいとの一点張りである。しかもどこの国から来たのかをいくら訊いても答えないのだ。急に言葉が通じないふりをし始めるのである。これでは該当の国の行政機関に連絡を入れることもできない。

それればかりか、神殿の敷地内の一帯に陣取って、勝手に難民キャンプまで始める始末だ。無下に追い出すわけにもいかず神官たちも困り果て、要求ばかりの難民たちに対応するために奔走するしかなかった。治安の悪化を懸念してか、参拝者たちの数がわかりやすく目減りしたため、そちらに対応する必要がなくなったのがまだしも不幸中の幸いではあった。本来来るべき人々が来られていないのだから結果的には不幸なのだが。

この事態にエルヴィンドは、自らは難民たちの身元究明の調査を引き受けた。そしてノアは彼から現場の責任者を仰せつかり、それぞれ対応に当たっている。

「呼ばれているぞ、ノア」

調査から一時帰宅したばかりのエルヴィンドが、疲れからか軽口を叩いてくる。ノアは半眼で己《あるじ》の主を見やる。

「呼ばれているのはエルヴィンド様だと思いますけど」

「私の留守中は全権をお前に預けることになっているだろう」

「そうですけど、今はいらっしゃるじゃないですか。目の前に」

「ではお前が代わりに調査に行ってくれると？」

ノアはまた溜息を吐く。確かに調査のほうは、人間であるノアよりも、人間より長い距離を短い時間で移動できるエルヴィンドが行なうほうが遙《はる》かに効率がいいのだ。

「遠慮しておきます。というか、もうある程度の目星はついていらっしゃるのでは？」

また玄関から叫び声と、扉が壊されるのではないかと思うほど連打する音が聞こえてくる。エルヴィンドはそちらのほうを煩《うるさ》げに見やった。

「アーレンバリとの国境のある地点から密入国してきていることだけはわかった」

それは言葉そのままに受け取ると、まだ何もわかっていないに等しい。ヒェリ・バーリは国土をアーレンバリに囲まれているのだから。しかし密入国に使われている地点が絞れているとなると、そこから目撃情報などを遡《さかのぼ》ってアーレンバリ国内の調査を進めていくことが可能なのだ。これもまた人間の姿をしていると相手に無用な警戒をされてしまうだろうが、エルヴィンドになら様々な意味で難易度がぐんと下がる。

エルヴィンドは束《つか》の間の休憩を終えて立ち上がった。そのまま再び調査に出るために裏口のほうに向かおうとするので、その背中にノアは思わず声を掛ける。

「リディア様のお顔は見て行かれないのですか？　そのために戻っていらしたのでは」

エルヴィンドの足が止まる。

「……リディアはどうしている」

「こんな状況ですから、僕もあまり様子を見に行けていません。妖精《ようせい》たちともあまり話そうとしない、そんな気力もなさそうだとケビが」

「……そうか」

少し前、夜半にリディアが湖の傍で倒れているのをエルヴィンドが見つけた。自室に彼女の姿がないことにまず妖精たちが気づいて、エルヴィンドに助けを求めたのだ。エルヴィンドは、湖がしばしば人間に見せるという幻の影響を、リディアがやはり人よりも強く受けすぎていると結論づけた。リディアがエルヴィンドの言いつけを自分から破るとは考えられないから、恐らく何らかのきっかけで湖に呼ばれてしまったのだろうと。

そのきっかけは心身の疲れかもしれないし、そうではないかもしれない。

聖獣の眷属《けんぞく》だからそういった現象に引き込まれやすいのかも、という推測は、ノア自身が打ち消すことができる。ノアは今までほとんど幻らしい幻を見たことがないのだ。

子どもが湖で幻を見たという話をあまり聞かないから、ノアは湖から子ども扱いされているという説もあるのだが。

何にせよ、リディアはその理由になりそうなことを話してはくれなかった。どんな幻を見たのか、そもそもエルヴィンドの推測通り幻が原因で倒れたのか、それも話そうとしなかった。

――そう。あの日を境に、リディアはエルヴィンドを避けている様子なのだ。

「今はきっと誰にも会わず、心身を休めたい時なのだろう。そんな時に私が我を押し通しては、治るものも治らなくなる。今はリディアが自ら顔を見せてくれるのを待とう」

そう呟《つぶや》くエルヴィンドはしかし、見るからに肩を落としている。

いかな彼とて連日の調査で疲れも溜《た》まっているだろう。そんな疲れもリディアの顔を見れば吹き飛んで、きっとまた再び励める――そう考え、忙しい合間を縫って、この一瞬の休息のために屋敷に帰ってきたに違いないのに。

ノアは黙って首を横に振る。今はとにかく現状を何とかしなければ。この騒動が万が一リディアにまで影響を及ぼすことにでもなったら、それこそ治るものも治らない。

また玄関の扉を叩く音がした。次いで何百回も聞いた台詞《せりふ》がまた聞こえてくる。束の間の休息すらも破ってくる声だ。

「卑しい手前どもに、どうか聖獣様のお恵みを！」

ノアは一人、本日何度目かの溜息を吐くのだった。

リディアはこのところずっと屋敷と神殿の周りが騒がしいことには勿論《もちろん》気付いていた。
エルヴィンドやノア、妖精たちの様子を見るに、何か困ったことが起こっているのは間違いなさそうだ。恐らくは一人でも多くの手を借りたいようなこと。それが今朝もずっと続いている。

本当ならば自分も手伝うべきだ。当たり前に、人として。

そして、この屋敷の――神殿の主《あるじ》の花嫁として。

ベッドの上で、悶々《もんもん》と考え続ける。

鬱々《うつうつ》とした考えを払拭《ふっしょく》してくれるような前向きなことを考えたと思ったら、同時に頭の中に火花のように強く火の粉が舞い、その前向きな光が黒い靄《もや》で覆われてしまう。

(……いずれ殺されてしまうのに？　聖獣様に食べられてしまうのがわかっていながら、彼の手助けをするの？)

聖獣ファフニール――獅子《しし》は、生贄《いけにえ》として花嫁を喰《く》い殺す。

湖の傍で倒れたあの夜、リディアは確かに誰かにそう告げられた。それが誰だったのかを思い出そうとすると、思考がまた黒い靄に呑《の》まれてしまう。それなのにその誰かの言葉を信じずにはいられない。信じたくないと抗っても、そのたびに何か強い炎のようなもので焼き印のように無理やり刻まれてしまうのだ。リディア自身の意思の及ばないところでそうさせられていることに、リディアは気付くことができない。

(生贄でも何でも、それが彼への恩返しになるなら本望じゃないの。生きる価値などなかったわたしには過ぎた最期だわ)

そんなふうに一筋の光が頭の中に差し込んできたと思ったら、また黒い靄にそれを掻《か》き消されてしまう。

(だけど――そもそも彼が助けてくれたのだって、わたしを殺して食べるためなんだわ。だったら、恩返しなんて考えるのはおかしいんじゃ……?)

彼のことを想うたびに、胸の中に黒い靄がかかる。殺すつもりで騙《だま》して連れてくるなんて酷《ひど》い。優しい言葉も振る舞いもすべて、リディアを油断させ籠絡《ろうらく》するためだったのか。そう考えるほどに靄は怒りとなり、炎のように胸の中で燃え上がろうとする。

そして――同時に、その怒りをも凌駕《りょうが》する悲しみの涙が、雨のようにその炎を掻き消すのだ。

あの温かい、喜びの時間はすべて嘘だったのか。

自分に、新しい生きる理由を与えてくれたと思っていたのに。

彼の孤独に寄り添って、少しでも癒《いや》す手助けをすることができればと――彼が与えてくれたものへの恩返しとして、今度は自分が彼に何かを与えることが許されたのだと、そう思ったのに。

美しいひとときが本当は虚構だったのかと思えば思うほど、悲しみの涙が止まらなくなる。苦しくて、喪失感で胸が張り裂けそうだった。

そして何よりも、そんなふうに考えてしまうこと自体が辛《つら》い。

なぜこんな考えに悶々と頭の中を占領されてしまうのだろう。エルヴィンドを悪くなど思いたくないのに、どう足掻《あが》いても悪いほうへ悪いほうへと思考が押し流されていく。

(ごめんなさい、ごめんなさい……)

エルヴィンドの顔を、もうしばらくの間ちゃんと見ていない。

いっそこのまま彼のことを忘れてしまえば、こんな酷い気持ちを彼に向けて抱かずに済むだろうか。

(いいえ……いっそのこと、わたしなど消えてしまえば——)

リディアはきつく目を閉じ、ベッドの上で蹲《うずくま》った。

ふっ、と閉じた瞼《まぶた》の向こうが翳《かげ》った。

——その時だった。

妖精たちではない。彼らは許可なしにリディアの部屋には入ってこないのだ。アイノはそもそもまだ花から長距離を離れることはできないし、ケビとロキは「女の子の部屋に勝手には入れないから」と言う。が、庭に団子のようにくっついて並んで、こちらを心配そうに見つめている姿はたびたび目にした。リディアはそれが辛くて、ずっと開け放されていた庭へと続く掃き出し窓の、そのカーテンを今朝とうとう閉め切ったのだ。

とはいえまだ昼間だ。それにカーテンは分厚すぎる素材ではないから、完全に遮光されているわけではない。

（……何かしら？）

怪訝《けげん》に思いながらも目を開き、リディアは悲鳴を上げかけた。

すぐに口を強く押さえられてしまったので、くぐもった声はほとんど音にならなかったが。

「静かに」

至近距離でそう囁《ささや》かれて、リディアは瞠目《どうもく》した。

自分を見下ろすその顔に見覚えがあると気付いたからだ。湖の傍で倒れたあの夜の出来事を、本のページが風で勢いよく戻っていくように次々に思い出す。

夜の湖。その傍に佇《たたず》む一人の青年。姿勢のいい立ち姿であること以外には別段特徴のない、どこにでもいる普通の青年。

その彼が近づいてきて、リディアに件《くだん》の言葉を告げたのだ。

もう一人、目の前の青年ではない別の誰かにも出会ったような気もするが——今はとにかく目前の問題だ。

青年はベッドの上に乗り、リディアの身体をがっちりと固定してきているのである。

反射的に抵抗するが、青年はどこにどう体重を掛けているのか、鉄の戒めでも嵌《は》められたかのようにびくともしない。

「待って待って、リディア嬢。本当は俺もこんなことしたくはないんだ。できれば穏便にご同行願いたい」

（なぜわたしの名前を——）

動きを止めたリディアに、青年はほっと息を吐いた。そして人差し指を自分の口もとにあてこちらに目配せしながら、リディアの口を塞《ふさ》いでいた手を外す。

「俺はフェリクス。詳しい身分は今は明かせないが、アーレンバリから君を助けに来た」

リディアは闖入《ちんにゅう》者を警戒をこめた眼差《まなざ》しで見上げる。カーテンを閉めてしまっていたせいで、庭から侵入してきたことに気付かなかったのは自分の落ち度だ。

「わ、わたしから離れてください。そうすれば、お話は伺います」

ベッドの上をじりじりと後退《あとずさ》りながら、精一杯フェリクスと名乗った青年を睨《にら》む。するとフェリクスは場違いにも口笛を吹いた。

「何だ。全然似ても似つかないじゃないか。君なら聖獣の花嫁ってのも納得だ」

フェリクスはよくわからないことを言いつつ、両手を上げてリディアから一旦《いったん》距離を取った。

リディアはそのフェリクスの言葉に、ふと不自然な引っかかりを感じたが、次いで発せられた彼の言葉に遮られてしまう。

「時間がないから単刀直入に言うよ。君は聖獣に、というか神殿に洗脳されている」

リディアは目を瞬《しばたた》かせた。

「……はい？」

突拍子もないことを言われたせいで、素《す》っ頓狂《とんきょう》な声が出てしまった。

となぜかフェリクスのほうも、誰かに言わされているかのように半眼で続ける。

「俺の、というか俺にこれを命じた人の目的は、君を洗脳から助け出して、アーレンバリまで保護することだ。大人しくついてきてくれれば手荒な真似はしない。君をどうこうすることが目的じゃないから」

「……どういう意味ですか？　一体誰がそんなことを？」

「まぁそういう反応になるよね」

フェリクスは嘆息した。

「端的に言えば、君は戸籍上は今アーレンバリ国民のはずなんだ。まだ正式にエルヴィンド卿《きょう》と籍を入れたわけじゃないんだろう？　だからアーレンバリには君を保護する義務がある」

「……あなたは、軍部の関係者なのですか？」

「あれ、君は頭もいいんだね」

リディアは酷く混乱していた。聖獣の屋敷に忍び込むなんて、普通の人間には絶対に不可能だ。だってこの屋敷は生きていて、庭には妖精《ようせい》たちも──

（──いいえ。妖精たちはいなかったんだわ）

リディアはカーテンを閉めた後、どうしても気になって一度庭のほうを覗《のぞ》いたのだが、妖精たちは姿を消してしまっていたのだ。きっとこちらが物理的な壁を作ったせいで、彼らも諦《あきら》めてしまったのだろう。そしてこの屋敷も生きているとはいえ、目があって耳があるというわけではない。

フェリクスは凝り固まった肩を解《ほぐ》すように首を回した。

「まぁばれちゃったなら仕方ない。とにかくそういうわけだから、俺は君を無理にでも連れていかなきゃならないんだ。任務だからね」

言ってフェリクスは、再びリディアに近づいてくる。

リディアはフェリクスとの距離を保ったまま、ベッドを降りて後退る。しかしすぐに壁際まで追い詰められてしまう。

（逃げなきゃ。神殿へ行けばエルヴィンド様がいるかも）

フェリクスが壁を背にしたリディアの、顔の横あたりに両手をつく。リディアが逃げられないよう腕の間に閉じ込める格好で、フェリクスはリディアに顔を寄せてきた。

「ごめんね。君に恨みはないんだけど、従わないと俺もただじゃ済まないんだ」

囁きながら、フェリクスは片手で懐を探り、取り出したハンカチをリディアに近づけてくる。微《かす》かに薬品の匂いが漂ってきて、リディアははっとした。この匂いには覚えがある。毎日身近にあった沢山の香りの中のひとつ。

（これ……ヨエルの香りと同じだわ。ってことは、これ）

静効果を持つ薬だ。

ときにはもう遅い。

ませたハンカチは無慈悲にもリディアの口もとに宛《あて》がわれた。その強い匂いに一瞬頭が冴《さ》える。

さっきフェリクスに対して覚えた違和感。

彼はさも、今初めてリディアに出会ったかのような言い方をしていた。

あの夜、湖の傍で確かに会ったはずなのに。

吸ってしまった薬品により、手足が痺《しび》れて段々と動かなくなってくる。

しかし最後の力を振り絞って、リディアはまだ動く首を必死に動かし、一瞬できたハンカチの隙間からフェリクスに問い質《ただ》す。

「アーレンバリの軍人が、どうして聖獣の花嫁が生贄《いけにえ》だって知っているの？　あの夜、湖でそれをわたしに告げたのは一体なぜなの？」

オーケリエルム家の屋根裏部屋にあった書物には、聖獣について記されているものもあった。そのどこにも、花嫁がすなわち生贄であるなどとは書かれていなかったのだ。

それに神殿にも、そこに仕える神官たちにも、参拝に来るヒェリ・バーリの住民たちにも、生贄という血腥《ちなまぐさ》い風習が隠されているという悲壮感や、無自覚の残忍さなど、一切感じなかった。

そうだ。それに何より――エルヴィンド本人からも。

森の木々を揺らし湖の上をゆく風のように、降り注ぐ陽光のように、そして恵みの雨のように、ただ廉潔だったのだ。

涙が一筋、リディアの頬を伝う。

――しかし、もう何もかも遅い。

投げかけた問いの答えを聞く前に、リディアの意識は薬によって、抗う術《すべ》なく捩《ね》じ伏せられてしまった。

完全に力を失ったリディアの身体を受け止めたフェリクスは、しかし首を傾げた。

「……生贄？　湖？　一体何のことだ？」

リディアの膝下《ひざした》に手を差し入れ、抱き上げる。その白い頬には涙が伝っている。それがこの少女の悲壮感を増幅させていて、フェリクスは自分が今置かれている状況に少しうんざりした。上官命令とはいえ、一体何をやっているのだろう、自分は。

リディアが意識を失う前に問いかけてきた言葉が気になるが、きっと嗅《か》がせた薬のせいで混乱していたのだろうと結論づける。何せフェリクスは今日ここで初めてリディアに会ったのだから。

――フェリクスは、自分の人生における平凡な日々の中から、何日か分の記憶がぽつぽつと欠落していることに、ついぞ気付かないままだった。

もと来た道を辿《たど》って、掃き出し窓から屋敷の外に出ようと歩き出した途端、フェリクスの口から声が漏れる。

『エルヴィンドはそっちじゃねぇぞ』

え、とフェリクスは立ち止まる。自分の口が勝手にしゃべった独り言に。

「……は？　エル、何だって？　なんで俺、今そんなこと――」

しかしフェリクスのその言葉は、途中で途切れた。

もし彼の様子を今、傍から見ている者がいたら、魂が抜けてしまったかの如く呆然《ぼうぜん》と立ち尽くしていることを訝《いぶか》っただろう。両腕に少女を抱えたまま、目も口も力なく開いて、本当にただ言葉の途中で彼の周囲だけ時間が止まってしまったように。

数秒後、彼は再び歩き出した。今度は部屋に入ってきた掃き出し窓のほうへではない。屋敷の内部へと続く扉のほうにだ。

その顔にはもとの精気が戻っている。さっきまでの彼と何の変わりもなく、何の問題もなく、すべてが元通りであるように見える。

けれども彼は迷いなく進んでいく。本来戻るべきアーレンバリへの帰路ではなく、屋敷の中央部――中庭のほうへ。

その足もとからは黒い靄《もや》が、色濃く落ちた影のように漏れて漂っている。

だがそれに気付く者は、この場に今、誰もいない。


事態の原因究明調査にあたっていたエルヴィンドは、突然妙な胸騒ぎを覚えてすぐに屋敷に戻るため駆け出した。

真っ先に頭に浮かんだのはリディアの顔だ。

水鏡の湖は、神殿が建立される前から存在する。それが神殿の着工時あたりから、たまに幻覚が見えるらしいという噂が人間たちの間で立ち始めた。幻を見る人間と見ない人間の差については、どうやらその人間がもともと持っている気力や体力、性質などが関係している。疲れていたり、病を抱えていたり、そして感受性が強かったりする人間ほど、まるで毒にあたってしまったように湖の力の影響を受けて幻を見やすい傾向にあるのだ。幼い子どもの中に幻を見たという例を聞かない明確な理由は、エルヴィンドにもわからない。

しかし、所詮《しょせん》ただの幻だ。過度に怖がったりしなければ、毒にも薬にもならないもののはずなのだ——本来は。

エルヴィンドはあの夜、湖の傍で倒れていたリディアの、青みを帯びるほど真っ白だった顔を思い出す。

あのときリディアは一体どんな幻を見たのだろう。湖の傍で不自然なものを見るときは、それはただの幻に過ぎないことを、リディアは知っていたはずなのに。それでもエルヴィンドに対する態度が急変してしまうほどの何かを、きっとあの湖は彼女に見せたのだ。

本当はずっと彼女の傍についていてやりたいが、そうできない現状がもどかしい。

急ぎ足で屋敷に戻り、嫌な胸騒ぎに急《せ》かされるように彼女の部屋へと向かう。屋敷の様子がなんだかおかしい。自室を訪問されるのは彼女にとっては迷惑かもしれないが、一目顔を見て、何事もないということを確認したかった。

玄関からリディアの部屋までは、廊下を道なりに進むよりも中庭を突っ切ったほうが早い。エルヴィンドが中庭へ続く回廊へと差し掛かった、そのときだ。

——酷《ひど》く禍々《まがまが》しい気配がした。

肌がびりびりと痺《しび》れ、手足がずんと重くなる感覚。まるで高熱が出る前触れのような。

まさか、と嫌な予感が背筋を這《は》い上る。

その気配はリディアの部屋のほうからこちらへやってくる。この中庭へ。

黒く染まった空気が粘ついてエルヴィンドの手足に絡みついてくる。霧か、いや違う。黒い靄だ。

その黒い靄の先に、人影があった。

男だ。アーレンバリ軍部の諜報《ちようほう》部隊が隠密任務を遂行する際に着用する、保護色の外《がい》套《とう》を身につけた青年。

それがフェリクス・アンデルという名のアーレンバリ軍人であることを、エルヴィンドは知らない。だがそんなことはどうでもよかった。彼は今、もっと重大な二つのことに直面しているのだから。

一つは、その軍人が、意識を失ったリディアをその腕に抱きかかえているということ。

そして——もう一つは。

「……なぜ、お前がここに——」

エルヴィンドは金色の双眸《そうぼう》を驚愕《きようがく》に見開いたまま、呆然と呟《つぶや》いた。

軍人が視線を上げ、エルヴィンドを見る。そして、あ、と実に気軽に声を掛けてきた。

「もしかしなくても、あんたこの聖獣様ですよね？　しまったな、俺がリディア嬢を連れてここを出るまで、あんたはまだ屋敷の外で足止めされてる予定だったんだけど……。勘が鋭すぎませんか？　それって噂通り獣だから？」

それとも、と軍人はおどけたように片眉《かたまゆ》を上げる。

「愛の力で花嫁のピンチを察して、だったりします？」

垂れ流され続けている黒い靄は、石畳を伝って止めどなくエルヴィンドの足もとに絡みついてくる。

それがどこから発生しているものかなんて、もはや一目瞭然《いちもくりょうぜん》だ。

そしてこの屋敷に戻ってきた途端、何かがおかしいと思った理由も。

──静かすぎるのだ。妖精《ようせい》たちの姿が一匹もない。

彼らが自分たちの意思で逃げたり隠れたりしているならいい。しかしこの禍々しい黒い靄の前では、恐らく妖精程度の小さな存在は無力だ。靄に毒されて、あるいは取り込まれて、消滅してしまっている可能性すらある。

「……器にしているその人間であるかのような芝居はやめろ」

エルヴィンドは目の前の軍人を見据えた。

否──軍人の内側にいる、もう一人を。

「姿を現わせ──ユルド！」

その瞬間――舞い散る火の粉が突如激しく燃えあがるが如く、軍人の身体の中から、闇の塊のような黒い靄が飛び出した。

黒い靄は徐々に人の形になっていく。

一人の青年の形へ。――エルヴィンドがよく知る者の形へ。

黒い靄そのままの色の黒衣、そして漆黒の髪。顔にかかる長い前髪の隙間から、エルヴィンドのものとよく似た金色の瞳《ひとみ》がこちらを見据えている。

「――久しいな、エルヴィンド。千五百年ぶりか？」

ユルドと呼ばれた黒い青年は、獣が唸《うな》るように言った。

靄は青年の形を保ったり、また霧散したりを繰り返している。足もとは亡霊のように霧がかかったままだ。

ユルドはリディアを抱えたまま突っ立っている軍人の前に立つ。軍人は今や傀儡《かいらい》のように目からは光が消え、瞼《まぶた》も口も半開きである。文字通り魂が抜けたようになってしまっているのだ。

エルヴィンドはユルドを睨《にら》み据える。

「この者の意識をどこへやった」

「さあ？　身体の底のほうにでも隠れてんじゃねぇの」

ユルドは軍人の身体に歩み寄り、無遠慮にその頭を片手で摑んだ。

「誰かさんが張った強固な護《まも》りのせいで、俺一人の力じゃこの屋敷には侵入できねぇからな。その鎧《よろい》として使うための人間の肉体としちゃ、こいつは役に立ったぜ。何せ周りに流されて自分ってもんがねぇからな。俺が体内に侵入するのに誂《あつら》え向きの隙間で、こいつの中はがら空きだったのさ。ま、器をこいつに決めた理由はそれだけじゃねぇが」

ユルドの手は軍人の頭を、さもいつでも潰《つぶ》してやれると言わんばかりに掴《つか》んだままだ。それがエルヴィンドへの牽制《けんせい》であることは明らかだった。

軍人の腕の中にいるリディアに対してもいつでも同じことができるのだと、ユルドは言葉にせずとも伝えてきているのだ。

エルヴィンドは歯《は》嚙《が》みした。

「今度はもっと強固に護りを固めておかねばならないな。お前のようなものを易々《やすやす》と体内に入り込ませてしまう程度の人間が、私の敷地内に入り込まないように」

するとユルドは高らかに嗤《わら》った。

「何言ってんだよ、エルヴィンド。今の俺の身体は幽体——要は靄《もや》、あるいは火の粉みたいなもんだ。ヒェリ・バーリ中を漂って、人間どもが持つ本来の欲望を焚《た》きつける。儲《もう》けたい、認められたい、死にたい、犯したい、殺したい——そういう欲望の火種がでかけりゃでかいほど俺にとって好都合なのは確かだが、人間が持つそういう欲望を否定するってのは、人間そのものを否定するってのにも等しいんじゃねぇのか？」

「黙れ、ユルド！　お前が人間を語るな」

「まあまあ、そう言うなって」

ユルドは口の端に笑みを浮かべて、エルヴィンドに歩み寄ってくる。ユルドが一歩近づくたびに、漏れ出した黒い靄は更に濃く強く、触手のようにエルヴィンドに絡みつく。エルヴィンドはユルドと対峙《たいじ》しながら、リディアを奪還できる僅《わず》かな隙ができる瞬間を注視する。

しかしユルドが更に一歩こちらに踏み出した瞬間だった。

エルヴィンドの心臓が突然、強く収縮した。

まるでガラスの破片でも刺さったような痛み。身体中に溶岩でも流されているかのように全身が熱く重い。心臓に刺さった欠片《かけら》が喉《のど》の内側をざくざくと刺しながら上がってきていると錯覚するほどに、身体の内側が強く痛み、呼吸が止まる。全身を巡る溶岩により、否応《いやおう》なく身体が石畳に引き倒される。

「こ、れは……っ！」

視界いっぱいの石畳の向こうから、ユルドの黒い靄が近づいてくる。その爪先《つまさき》がエルヴィンドの顎《あご》を掬《すく》い、顔を上げさせてくる。

二対の金色の瞳が交わり、ユルドは嗤った。

「疼《うず》くか？　お前の中に残しておいた、俺の一欠片が」

「何――」

「千五百年前、お前との戦いに敗れたとき、俺は最後の力を振り絞って俺自身の欠片をそこら中に撒《ま》いた。長い時間がかかってもいい、人間どもの欲望の炎を吸い取っていつか力を取り戻して、再びお前の前に戻ってくるためにな。そのときお前の身体の中にもついでに俺の欠片を入れておいたことに、お前は気付かなかっただろ？　何しろお前も俺と同じぐらいに満身創痍《まんしんそうい》だったからな、あのときは」

エルヴィンドは目を見開く。

「……何だと」

「すべては今この瞬間のためだ。俺を封印したお前に再び相まみえたとき、確実にお前の動きを止めるために」

ユルドは跪《ひざまず》き、エルヴィンドの顔を至近距離から覗《のぞ》き込んでくる。

「花嫁の命を助けてほしけりゃ、俺に施した封印を解け、エルヴィンド。そして俺の肉体を再び自由にしろ。幽体《これ》も慣れちまえば悪くはねぇが、お前に代わってヒェリ・バーリの頂点に立つには少々お粗末だろ？」

「……っ、貴様が、ヒェリ・バーリの頂点に、だと？」

もはや完全に動かせなくなりつつある身体で、エルヴィンドは必死に喉を引き絞る。

するとユルドが、長い前髪の下の金色の双眸を細めた。

それは間違いなく微笑みの形であるのに、微笑みとはほど遠い表情だった。

「構わねぇだろ？　何せお前は光、俺は影——俺たちはもともと対を成すひとつの聖獣だ」

ユルドの、エルヴィンド自身とよく似た造作のその顔が、エルヴィンドとは似ても似つかない邪悪で冷酷な目でこちらを見下ろし、二叉《ふたまた》の舌で唇を舐《な》めた。

「俺だってお前と同じ——聖獣ファフニールなんだからよ」

五ノ章✦水鏡のファフニール

——ある星の輝く夜。

世界の北に位置するとある地で、一頭の美しい獅子《しし》が、一人の少年の夢枕に舞い降りた。

その獅子は、ファフニールという名の聖獣であった。

聖獣とは、この世の森羅万象に宿る、強大な力を持った長寿の精霊のような存在である。

ファフニールとは、獣の姿と人の姿を併せ持つ美しい獣。この獅子は風がなくとも靡《なび》く長い鬣《たてがみ》を持ち、獰猛《どうもう》な獣の長というよりはむしろ、高貴に佇《たたず》む巨大な猫のようでもあった。

ヒェリ・バーリで知らない者のないこの昔話には、実は、誰も知らない前日譚《たん》が存在する。

ファフニールとは、実は本来は二体でひとつの聖獣だったのだ。

一頭は光、陽、白銀の毛並みを持つ獅子――エルヴィンド。

そしてもう一頭は、影、陰、翼を持つ黒い蛇――ユルド。

人間たちには知られていないが、聖獣たちの世界では、いかなる聖獣も自分の対となる相手と一緒に生まれてくる。光と影はどちらか一方だけでは存在できないように。

二頭は互いに互いの半身とも呼ぶべき存在なのだ。エルヴィンドはもう一人のユルドで、ユルドはもう一人のエルヴィンドなのである。

エルヴィンドは人間を愛していた。だから人間と共存したいと考えた。

ユルドは人間を愛していた。だから人間を支配したいと考えた。

星の巡りが彼らに、少年聖者に建国させるよう啓示を与えたとき、二頭は人間と共存する国を作るか、それとも人間を支配する国を作るかで争うこととなった。

人智を超えた力で戦う彼らの力はあまりに圧倒的であった。見渡す限りの荒野に森を生み出し、丘を築き、その丘の上に湖を出現させてしまったほどである。

二頭はそのように森羅万象を操る力を駆使して、七日七晩戦い続けた。

結果は歴史が語る通り、エルヴィンドの勝利であった。さりとて完全なる勝利というわけではなかった。

激しい戦いの末、エルヴィンドもユルドも互いに傷つき、死の一歩手前であった。

エルヴィンドは最後の力を振り絞り、ユルドを封印した。命を絶つ形でとどめを刺さなかったのは、聖獣には、己の半身を殺すことは許されないという掟《おきて》が存在したためであった。

だがエルヴィンドには、ユルドを完全に封印するための力は残っていなかった。そのためユルドは自分が封印される寸前、こちらもまた最後の力を振り絞り、己の欠片を人間の世界に残した。それは言うなれば火の粉のような、あるいは黒い靄のようなものであったため、エルヴィンドにはそれを防ぐことも、後を追いかけることもできなかった。

ユルドの欠片はやがて、人間たちに害をなすようになってゆく。

憎しみを増幅させ、不安定な精神をさらに掻《か》き乱して錯乱させる。人間が持つあらゆる負の感情を餌にして、ユルドの欠片は少しずつ力を蓄えてゆく。そしてさらに強い影響力でもって、人間たちの負の感情を膨れ上がらせ、その人物を破滅へと導いていく。その破滅を糧に、ユルドはさらに力を増幅させていく――

そうして千五百年という長い時が経つ間に、ユルドはとうとう、かつての肉体そっくりの幽体、謂《い》わば思念体とでも呼ぶべき形を取ることができるまでに力を取り戻してしまったのだ。

では、エルヴィンドに封印されたというユルドの肉体は今、どこにあるのか。

実はその場所は今や、ユルド本人しか知る者はない。

封印を施した当のエルヴィンドは、ユルドを封印した場所に関する記憶を失ってしまっているからだ。

その理由は、他ならぬエルヴィンド自身の自責の念によるものであった。

エルヴィンドは人間の世にユルドの欠片を解き放ってしまった、己の力の足りなさを悔やんだ。偏《ひとえ》に己の力を過信していたために犯してしまった罪であったと。

そしてまた、今にもユルドに己の体内に入り込まれ、頭の中を覗かれて、封印を解く方法を知られてしまうのではないかと恐れた。

そんな夜、星の巡りはエルヴィンドに一筋の希望の道を示した。

——記憶の器は指輪。

——指輪は、扉の鍵《かぎ》。

——その鍵の持ち主は、花。

——千の昼と千の夜を越えた先で、一輪の花が咲く。

——その花は獅子の傍らで、星霜《せいそう》の果てに散るまで、ともに咲き続ける。

啓示が示された後には、小さな指輪がひとつ、地面に落ちていた。それはエルヴィンドには小指にも嵌《は》められないほどの小さな指輪であった。

あえて人間らしい言葉に直すならば、啓示はこう告げていた。

——ユルド封印に関わるすべての記憶を、エルヴィンド自身の頭の中ではなく別の場所、すなわちこの指輪に保管せよ。さすれば千年以上も先の未来で花嫁が現れ、その花嫁が指輪の持ち主となるであろう、と。

エルヴィンドは星の巡りの告げる通りに、ユルド封印に関する記憶を頭の中から取り出し、小さな指輪に閉じ込めた。

そしてその花嫁に出会うまでに、瀕死《ひんし》の身体を癒《いや》し、ユルドに再び対抗できる力を取り戻すことを決意した。人間の世界に解き放たれてしまったユルドの欠片《かけら》を必ず掻《か》き集め、その肉体が封印されている場所に再び封印することを。

そう。花嫁の使命とは、ユルドが封印されている場所の記憶を指輪を介して継承し、その場所への扉を開き、エルヴィンドを導くこと。エルヴィンドが抱える使命をそうして手助けすること。

そしてエルヴィンドとともに生き、手を取り合って、その命を全うすることなのだ。

＊＊＊

真っ白な頭の中に、物語の一ページのように文字が刻まれていく。

リディアの意識は必死にそれを追う。朝が来れば消えてしまうガス灯の明かりの如く、それらの文字は刻まれては消えていくからだ。

けれどもまた同時に、その文字を追うのがふわふわと心地好《よ》くもあった。潮の満ち引きのように、波間を漂うように、頭の中の文字は時に濃く、時に薄く刻み込まれていく。

（――それが、花嫁の使命。わたしの、使命――）

頭の片隅で、これこそが啓示なのだと誰に教えられずとも悟っていた。

啓示とは、必ずしも獅子が現れる夢というわけではなかったのだ。

誕生日の夜、リディアを襲ったあの背中の灼《や》けるような疼《うず》き――あれもまた。

なぜ、とリディアは思う。

(なぜ……今なのですか)

啓示が下されるなら、もっと前でもよかったはずだ。それこそ誕生日の夜、背中に花が刻まれるのと時を同じくしてでも。

それをなぜ今になって――愚かにもエルヴィンドを疑い、失望し、彼を忘れたいとまで考え、もう取り返しのつかない段階になって己の過ちに気付き悔いている、今になって。

頭の中だというのに、涙が溢《あふ》れて止まらない。

啓示はエルヴィンドとともに生き、手を取り合って、命を全うしろとリディアに告げたのだ。

(わたしを引き留めてくださるのですか。エルヴィンド様ご本人の言葉ではなく、誰とも知れない他者の言葉を信じようとしてしまった、愚かなわたしを)

許されるなら、今すぐ飛び起きてエルヴィンドのもとに駆けつけたい。そして彼の傍で、自分の一生をかけて使命を全うすると伝えたい。

けれどリディアには、波間を揺蕩《たゆた》うようなこの真っ白な物語のページの中から抜け出す方法がわからない。

どれだけ己の行いを悔いようとも、その償いをする術が、リディアにはもうない——

——リディア、と呼ぶ、幼い子どものような声が聞こえた気がした。

夢うつつに、そんな小さな子の知り合いなんていたかしら、と考える。

意識が再び真っ白な波間に呑み込まれそうになった直後に、また呼び声が聞こえる。

「リディア、お願い。口を開けて」

その言葉に——不思議なことに、胸の中が何か温かいもので満たされる。

そんな場合ではないのはわかっているけれど、ふと、開けるのは目ではなく口でいい

のかと考えて、頭の中だというのに笑みが漏れてしまったのだ。

小さな小さな手、いや前足が、ぺちぺちとリディアの頰を叩く。柔らかい毛に覆われ

ていて、細く長い爪が触れる感触。

その手が愛らしいピンク色であることを、リディアは知っている。

「ちょっとでいいの。ヨエルから預かったこの解毒のお薬を飲み込めれば、麻酔の効き

目が和らぐから。……ってだめだ、意識ないんだった。いくら言っても聞こえないよね

……。ってことで、ごめんねリディア! こうするしかないの!」

耳もとでそう言うと、小さな小さな前足が意を決したように、リディアの唇の隙間か

ら何かを無理やり押し込んだ。甘い香りのするそれには明確に覚えがある。言葉の通り、

ヨエルの香りだ。勢い余って喉のほうまで押し込まれたそれを、身体は反射的に飲み込

む。

するとし身体中の痺《しび》れがみるみる和らいでくる。あれほど永遠にも等しく感じた微睡《まどろ》みから、嘘のように頭が覚醒《かくせい》していく。

目を開ける。そこには目を閉じる直前に見たのと同じ人物の顔があった。アーレンバリの軍人フェリクスだ。どうやら自分は彼に抱きかかえられているらしい。

けれどフェリクスの様子が変だ。目を開けたまま意識を失ってしまっているみたいに微動だにしないのである。

しかし今はそんなことよりも、目の前の、もっと近くにいる存在だ。

その小さな温もりに、リディアは安堵《あんど》して泣きそうになった。

「……アイノ」

リディアの胸もとに後ろ足で立ったアイノが、こちらの顔を覗《のぞ》き込んでいたのだ。

アイノはほっとしたように鼻先をすり寄せてきた。

「よかった。リディアにならヨエルの葉っぱがすぐに効くって思ったよ」

「……ありがとう。助けてくれたのね」

ここは中庭だ。アイノはまだ力が足りないからリディアの部屋の庭を離れられないと言っていたのに。

よく見るとアイノはかなり無理をしているのか、いつもよりも呼吸が荒い。身体も小刻みに震えている。

「アイノ、息が――」

「しっ、静かに。あたしなら大丈夫。他のみんなも隠れてたり、毒気にやられて寝込んでたりするけどちゃんと無事だよ。だけど……」

アイノは前足でリディアの唇を押さえるようにしながら、背後を目顔で示した。

恐る恐るそちらに視線を向けた瞬間、リディアは悲鳴を上げそうになった。

黒装束の男がこちらに背を向けて立っている。そしてその足もとに、血まみれのエルヴィンドが倒れていたのだ。

リディアは直感的に、あの黒装束の男こそが、啓示が告げていたあの存在――エルヴィンドの半身とも呼ぶべきユルドであると確信した。

聖獣ファフニール・ユルド。翼を持つ黒い蛇。

人間の姿である今は、黒髪に黒装束なだけでなく、身体が黒い靄《もや》のようなもので覆われている。靄は今や中庭を埋め尽くすように立ち込めていて、その中心に立つ後ろ姿はさながら幽鬼だ。

リディアの頭の中で、不意にかちりと繋《つな》がるものがあった。

湖の畔《ほとり》で倒れたあの夜。そこでリディアは確かにフェリクスと出会っている。そして――リディアに幻ばかりを見せる湖の傍で、とてもただの幻だとは思えない、あまりにも強い存在感を放つ者にも。

エルヴィンドによく似た造作をしていながら、まったく別人に見えてしまうほどに邪悪な雰囲気を纏《まと》っていた存在。

記憶のページが次々に捲《めく》られていく。彼方《かなた》へと吹き飛ばされていたあの夜の記憶が。

(わたし――あの夜、ユルドに出会っていたんだわ)

啓示は何と言っていたか。ユルドをどう評していた？

(憎しみを増幅させ、不安定な精神をさらに掻き乱して錯乱させる――)

そうしてリディアから生み出される負の感情をも餌にされていたのだ。目の前のユルドに――正しくはその封印された肉体がかつて人間の世界に残した断末魔とも呼ぶべき、今やここまで肥大した欠片によって。

ユルドがそうして力を取り戻した末に、今ここにいる理由が何なのかはわからない。

けれどエルヴィンドに致命的な害をなそうとしていることは明らかだ。

リディアはフェリクスの腕の中から何とか抜け出そうともがいた。そんな彼女に、アイノが「待って」と囁《ささや》く。

そしてアイノ自身の身体よりも遙《はる》かに大きな、一輪の花をリディアに差し出してきた。

「これ、リディアが植えてた、エルヴィンドにもらったあの種から咲いた花だよ」

リディアはその花を見た瞬間、目を見開いた。

「あの花壇の妖精《ようせい》みんなでありったけの力をこめて、普通の何倍もの速さで花を咲かせるようにがんばったんだ。何とか一輪だけでも間に合ってよかった」

信じられない気持ちで、リディアは花をまじまじと見つめる。

その花は初めて見る花なのに、確かに見覚えがあったのだ。

書物などではない。もっと近いところ。

シャクヤクに似ているけれど、異なる花。

僅《わず》かな光にも美しく煌《きら》めく白銀の花弁。

それはリディアの背中に刻まれている花の形の痣《あざ》――聖獣の花嫁である証《あかし》と、まったく同じ花だったのである。

傷だらけの身体で倒れるエルヴィンドの背中を、ユルドが踏みつける。

痛みよりも、依然として身体の自由を奪い続けている体内の溶岩のようなものの熱さに、エルヴィンドは苦悶《くもん》の表情を浮かべた。

まさかこの屋敷にユルドの侵入を許してしまうことになるなど、まったく予期できていなかった。ユルドの欠片《かけら》ほどの力だけなら十分に防げる程度の護《まも》りは施してあったのだから。

千五百年前から、一対の同じファフニールとして、エルヴィンドとユルドの力はほとんど互角だった。かつてエルヴィンドが辛くも勝利できたのは、戦況の一瞬の判断力、采配《さいはい》がユルドよりも一歩勝っていたからだ。

だが狡猾《こうかつ》さにおいては、エルヴィンドはユルドに一歩及ばなかった。その結果気付かないうちに、小さな一欠片とはいえ、ユルドの毒とでも呼ぶべきものを体内に埋め込まれてしまっていたのだ。

そして今、その毒の大本とも言えるユルドの幽体が傍にいることで、体内の毒が共鳴し、エルヴィンドの体を内側から食い荒さんと強く蝕《むしば》んでいる。

(リディアを……リディアを、守らなければ)

この場で抵抗すればリディアは殺される。しかしこの場を無抵抗でやり過ごしても、どちらにせよユルドはリディアを無事では済まさないだろう。

一瞬でいいのだ。たった一瞬、ユルドの気を自分から逸《そ》らすことができれば。

たった一瞬、ユルドの毒の共鳴から脱することができれば。

このまま何時間でも何日でも、苦しみに耐えながらその一瞬を待つ覚悟はある。

千五百年の孤独に寄り添おうとしてくれた、ただ一人の花嫁を救えるなら。

息を詰めて、エルヴィンドはその一瞬の隙を待ち続ける。

ユルドはこちらの背中を踏みつけている足にぐっと体重を乗せた。

「そういや、そろそろ神殿のほうにアーレンバリの軍人どもが乗り込んでくる頃だぜ。あっちがどうなってるか見物だな」

エルヴィンドは目を見開く。

「軍人、だと？　一体どういうことだ」

「ん？　その様子じゃ、神殿を占拠してる難民どもがアーレンバリ軍部に雇われた陽動部隊だって、まだ気付いていなかったようだな」

ユルドは愉悦に唇を歪《ゆが》める。

「ついでだから教えてやろうか。黒幕は俺が器にしていたあの軍人の親父だよ。お前やノアが難民どもに気を取られてる隙に、息子がリディアを人質に取るってのが表の作戦。だが真の目的は、難民どもに神殿相手に暴動を起こさせて、その混乱に乗じて軍隊ごと正義面して乗り込んでくるってことだったのさ。自国の難民の救済ってのを名目に、お前を権力の座から引きずり下ろすためにな」

エルヴィンドは喉《のど》を引き絞る。

「軍人を、けしかけたのか。お前の力で」

「俺の力に影響されたせいでそうなったってことは、それこそがもともとその親父が腹の底で願っていたことなのさ。別に俺が人形みたいに操ったわけじゃねぇ。ま、そいつの部下どもは知ったこっちゃねぇけど」

「お前のせいで、一体何人の人間が苦しむことになると……!」

「おいおいエルヴィンド、てめぇ何か勘違いしてねぇか？　別に神官や難民どもを皆殺しにしようってんじゃねぇよ。俺だって人間を愛する聖獣ファフニールなんだぜ」

ユルドの口の端から、二叉《ふたまた》の舌先がまた覗く。

「言っただろ？　器にする人間を決めた理由は、中身が空っぽだったからだけじゃねぇって。息子と違って父親のほうは見どころのありそうな奴だったからな。俺がお前に代わってヒェリ・バーリの頂点に立ったところで、使える手足がいなけりゃ不便だろ」

だから、とユルドは嗤《わら》う。

「息子の身体を借りて父親の傍にいることで、俺の影響をより強く受けるようにお膳立《ぜんだ》てしてやったのさ。俺がお前を斃《たお》す間に、名目はどうあれ神殿を制圧できる奴がいりゃ、俺も手間が省けるからな」

「――ユルド！」

怒りで身体が熱くなる。

ユルドが語る愛はあまりにも独善的で身勝手だ。自分の意のままに相手を操って支配することこそがすべてだと信じている。

「なぁ、そろそろ観念して首を縦に振れよ。――ああ、そうか」

ユルドが腕を一振りする。するとその腕にまとわりついている黒い靄から、いくつもの火花が散った。火花はすぐに一つにまとまり、大きな炎に姿を変える。

「負けを認めるにはまだ痛みが足りねぇか？　ならお望み通り、もっとでけぇ苦しみを与えてやろうか」

炎は更に膨張していく。辺りが灼熱《しゃくねつ》に包まれる。

ユルドは炎をまとわせた腕を大きく振り上げた。

「生きたまま全身を焼かれて、果たしてどれだけ耐えられるか見ててやるよ、エルヴィンド。千年でも、二千年でもな！」

炎が、エルヴィンドの身体を瞬く間に呑《の》み込む――

——その寸前。

白銀の花弁が一枚、炎の中に放り込まれた。

小さな花弁に炎が触れた瞬間、花弁は目を灼《や》くほどの強い光となり、辺りを昼間以上に明るく照らした。

瞬間、ユルドは苦悶の雄叫びを上げた。

片手で目を押さえ、もう片方の手で光を散らそうとするかのように大きく振る。

炎に花弁を放り込める距離までユルドに近づいていたリディアは、その腕に打たれて後ろに弾《はじ》き飛ばされてしまった。ユルドの腕を覆っている黒い靄《もや》が暴走し、鞭《むち》のように撓《しな》っているのだ。胸に抱いたままだったアイノを自分の身体で庇《かば》いながら、リディアは立ち上がれないまま きつく目を閉じて後退《あとずさ》る。

やがてユルドの悲鳴は、地を這《は》うような苦悶の呻《うめ》き声に変わった。

リディアは恐る恐る目を開き、顔を上げる。

ユルドは石畳に倒れ伏し、ナイフでも呑み込んだかのようにもがき苦しんでいる。

（そうだわ。エルヴィンド様は光の聖獣で、ユルドは……）

啓示が語っていた言葉がまた脳裏に蘇《よみがえ》る。

強い光は、時に一瞬にして影をも吹き飛ばすのだ。それが光の聖獣の花嫁だけが育てられる花によるものならば、効果はいかばかりか。

そして――ユルドとリディアとの間に、壁として立ちはだかろうとするかのように、一頭の大きな獣が佇《たたず》んでいた。

光の加減によって銀色にも淡い金色にも見える、白い――否、美しい白銀の毛並み。高貴な顔立ちに、優美な立ち姿。――そして金色の瞳《ひとみ》。

リディアは息を呑んで、その美しい獣に見入る。

以前、湖でリディアを助けてくれたあの獣だ。けれどリディアはもう、それが猫《バーリ・カット》などではないことをわかっていた。

その美しい毛並みには、所々に、血の赤い汚れがついている。

さっきまでのエルヴィンドと同じように。

「……あなた、だったのですね。あのときわたしを助けてくださったのは……」

獅子《しし》だと聞いたから、本で読んだ知識の通り、黄褐色の毛並みの獣だと思い込んでしまっていた。

けれど違っていたのだ。

聖獣ファフニール・エルヴィンドは、彼の髪の色と同じ、美しい白銀の毛並みをした獅子だったのである。

「……エルヴィンド様」

呼びかけると、白銀の獅子はリディアの言葉を肯定するように鼻先を揺らした。

そしてユルドへと向き直り、喉の奥で低く唸《うな》りながら石畳を蹴《け》る。

顎《あご》が大きく開く。鋭い牙《きば》が露《あら》わになる。

ユルドが血走った目を見開いて獅子を見上げる。

「や……やめろ」

獅子は足を止めない。ユルドの腕は虚《むな》しく宙を掻《か》く。

「やめろエルヴィンド！　俺とお前は半身同士だろ⁉　やめ――」

言葉は途中で断末魔の悲鳴に変わった。

否――正確にはその悲鳴すらも途中で掻き消えた。

獅子の牙がユルドの腹部に嚙《か》みついた瞬間、血の代わりに黒い靄が噴出したのだ。

ユルドの身体がその靄とともに崩れ、掻き消えていく。

中庭を覆い尽くしていた黒い靄もまた。

そうして、束《つか》の間見ていた悪夢のように、ユルドもろとも靄は消え去り、元の景色が戻ってきたのだ。

＊＊＊

同時刻、アーレンバリからの極秘ルートを使ってヒェリ・バーリへと密入国していたベンノ・アンデルは、進軍の途中で突如、我に返ったように立ち止まった。

否、悪夢から目覚めたようにと言ったほうが正しいか。頭の中にずっとかかっていた濃霧が唐突にぱっと晴れたのだ。

ベンノは慌てて、自分に付き従う十数名の兵士たちに命じる。

「全隊、止まれ！」

ベンノに従っていた十数名の兵士は、命令に従って立ち止まった。誰も彼もが魂が抜けてしまったように目が虚《うつ》ろであることに、ベンノは今さら気付いて背筋が薄ら寒くなる。どう見ても普通の状態ではない。一番近くに立っている部下の名前を呼ぶと、返事はするもののやはり表情は動かず、身体だけが人形さながらに動かされているかのようだ。

ベンノはごくりと息を呑んだ。

目指す神殿はもう目前だ。何しろ今にも斥候《せっこう》に命じ、作戦を開始するところだった。だが今はなぜこんな無謀な作戦を完遂できると信じ込んでいたのか、なぜこんな場所に来てしまうまでそれに気付かずにいたのか、我が事ながら信じられない。身元が明らかな軍服に身を包んで他国の最高機関に乗り込むなんて、誰が見ても自殺行為だ。それも難民救済などというお粗末な大義名分を引っさげて。

しかし、とベンノの足が止まる。

――その足にはまだ、ベンノ本人も気付かないほどの黒い靄の残りかすが僅《わず》かに纏《まと》わりついている。

（聖獣の花嫁の奪還作戦のほうは、こっちに利があることには変わりないはずだ）

そうだ。まだ成功の芽はある。アーレンバリの法のもとでは、聖獣の花嫁が今アーレンバリの民であることは間違いがないのだから。

——だが、ベンノは知らなかった。己の後妻であるヨセフィンの母親イサベレが、どれほどリディアを憎んでいたのか。どれほどその誕生を疎ましく思っていたのか。

イサベレはリディアが誕生した際、その出生届を提出していなかったのだ。

ベンノが此度《こたび》の作戦の拠《よ》り所としていたはずのアーレンバリの法のもとでは、リディアはアーレンバリの民ではなかったのである。

ベンノが人形のような部下たちを引き連れてアーレンバリへの道のりを戻ろうとしたとき、神殿のほうから一人の老人が歩いてくるのが見えた。

老人と言っても背筋がすっと伸びた、きびきびとした動きの男だ。若い頃は金色だったのであろう白髪交じりの髪を伸ばして、首の後ろ辺りで緩く結っている。落ち着いた色味のスーツにつば付きのフェルト帽という出《い》で立《た》ちは、アーレンバリの年嵩《としかさ》の経営者によく見られる類《たぐ》いのもので、周囲は森に囲まれていて難民だらけという神殿の敷地内で見るには極めて異質なものに思えた。

ひょっとすると本当にアーレンバリからボランティアか何かの名目でやってきた資産家なのだろうか。もしそうならば少々厄介だ。難民たちがぼろを出す前に撤収させなければ、次々に似たようなボランティア気取りの偽善者たちがアーレンバリから押し寄せてくるかもしれない。

と――ベンノはふと動きを止めた。

ベンノたちの一団は今、森の木々の中に紛れている状態だ。保護色の外套《がいとう》を身に纏っているし、そもそも木の幹や灌木《かんぼく》の陰に全員隠れているので、一般人には見つけることは不可能だと自負している。

にも拘《かか》わらず、その老人は確かにベンノのほうをじっと見つめているのだ。

ベンノは背筋が冷えるのを感じた。

（そんなわけはない。あんな離れた場所から見えるはずが――）

老人はベンノをしばしの間見つめた後、ふっと目を逸《そ》らした。そしてそのまま踵《きびす》を返し、神殿のほうへ戻っていく。

ベンノはしかし、その老人の背中を呆然《ぼうぜん》と見送ったまま、しばらくその場から動くことができなかった。

そんなはずはないのにと思いながらも――これから自分には何か大きな罰が下されるのだと宣告されたかのような心地が、ベンノの足をその場に縛りつけていたのだった。

＊＊＊

晴れていく黒い靄を見上げていると、リディアの胸の奥にずっと燻《くすぶ》っていた熱のようなものも、同時にすっと消えていくのがわかった。

「……エルヴィンド様。ユルドを、退けたのですね」

問いかけに、獅子《しし》がまた頷《うなず》くように鼻先を揺らした。

リディアはアイノを石畳に放してから立ち上がった。そして獅子に駆け寄り、持っていた巾着から薬を取り出す。

少し逡巡《しゅんじゅん》したのち、リディアは薬を手のひらの上に載せ、獅子の口もとに持っていってみた。猛獣の姿だけれど、その口もとに手を差し出してもまったく怖くはない。躊躇《ためら》ったのは、獣の姿をしている相手にはこの薬が害になる可能性が頭を過《よぎ》ったからだ。

しかし普段の、人間の姿をしているエルヴィンドだって、獅子の姿をした今のエルヴィンドだって、どちらも同じエルヴィンドだということに変わりはない。

獅子は牙を立てないよう、食《は》むようにしてリディアの手のひらの上の薬を舐《な》めた。舌のざらついた部分をリディアの手に触れさせないようにするような優しい挙動だ。

獅子の全身にあった痛々しい傷が、みるみる快癒していく。

さっきまでの、血まみれでユルドの足もとに倒れていたエルヴィンドの姿が頭に焼き付いてしまっていたリディアは、それでようやく安堵《あんど》した。今しがた獅子に駆け寄ることができたのが嘘みたいに足の力が一気に抜けて、その場に座り込んでしまう。

獅子はそんなリディアに目礼するように、一度ゆっくり瞬《まばた》きをした。

リディアは思わず獅子に手を伸ばし、その頬から伸びる優美な鬣《たてがみ》を指先で梳《す》く。獅子はその感触を味わうように目を閉じる。それがやはり猫のようで、リディアは思わず笑った。

が、安心するにはまだ早かった。

「リディア！　大変、大変！」

アイノが大騒ぎするほうを振り返り、リディアは仰天した。

植栽の一部に、ユルドが放ったのであろう火が燃え移ってしまっているのだ。

大変、とアイノと同じように叫びながら立ち上がろうとするが、足にまったく力が入らない。リディアは青ざめて獅子のほうを見る。

すると獅子は、なぜか悠然と天を仰いだ。上は四角く切り取られた、雲ひとつない空だ。

――いや、違う。

上空に物凄《ものすご》い勢いで厚い雨雲が垂れ込め始めている。

リディアは口をぽかんと開いたまま、その信じられない様子を見上げているしかない。

獅子は雲たちに命じているように――否、実際に命じているのだろう、金色の双眸《そうぼう》でその巨大な雨雲をじっと見つめている。

ぽつ、と雨粒が落ちてきた。

それはほどなく土砂降りの大雨となる。

どんな炎でもその火種から浄化し、すべてを鎮めてしまうかのように。

凝っている澱《よど》みもすべて洗い流そうとするかのように。

炎は植栽の一部を焦がしてしまったが、雨によってすぐに鎮火した。いつの間にやら隠れていたらしいアイノが、花壇の葉っぱを傘にしながら顔を出す。

リディアは呆然としたまま、呟《つぶや》いた。

「……なんて、美しいの」

雨に濡《ぬ》れる中庭も。その中心に佇《たたず》んで天空を見上げる獅子も。

この世界は、何てリディアの知らない美しいもので溢《あふ》れているのだろう。

雨が止《や》むまで、リディアはただ座り込んで、この世で最も美しい獅子を見つめ続けた。


厚い雨雲が通り過ぎ、太陽が再び顔を出すのとほぼ同時に、ノアは中庭に駆け込んだ。

「エルヴィンド様、また予告なく局地的な大雨を降らせましたね⁉ ここは高台だから地盤の管理が大変なので雨を降らせる際は事前に知らせてくださいとあれほど――」

いかにも怒り心頭というその勢いはしかし、濡れた中庭に立つ、これまたずぶ濡れのエルヴィンドとリディアの姿を見て削がれてしまう。

「……なんでお二人してずぶ濡れなんですか？ あと、それは一体誰ですか？」

ノアは二人の足もとに転がっている見知らぬ軍人を指さした。

エルヴィンドとリディアは、互いに顔を見合わせ、肩をすくめる。

その様子を見てノアは、あれ、と思う。

（……なんだかよくわからないけど、雨降って地固まったかな？）

近頃おかしかったリディアの様子がすっかり元通りになっている。エルヴィンドはリディアの腰のあたりを支えているし、リディアも大人しく彼に寄り添っているのだ。

ひょっとすると自分が不在の間に何かとんでもないことがあって、それを二人で乗り越えたとかそんなところだろうか、とノアは見当づけた。ついでに、自分が不在にさせられていた理由——あの難民たちの存在すらも、敵の作戦のひとつだったのか。今さらそう気付かされて、思わず溜息《ためいき》が出てしまう。

何の目的であれ、聖獣の屋敷にアーレンバリ軍部の軍人が侵入してきたとなると、下手をすれば国際問題にまで発展する大ごとだ。これは難民問題など比較にならないほど後処理が大変なひと仕事になるかもしれない。

ノアがそんな思考を巡らせていると、足もとに騒がしい妖精《ようせい》たちがやってきた。ケビとロキだ。何やらケビが自分よりも身体の大きなロキの襟首、もとい首の後ろの毛を掴《つか》んで引きずっている。

「痛い、痛いよケビ」

「悠長に痛がってる場合か、このとんちきねずみめ！」

ケビはロキの身体をリディアの足もとに転がした。ロキはばつが悪そうに彼女を見上げる。

「一体どうしたの？」リディアは驚いた顔で膝《ひざ》をつく。

「……あのね、えっとぉ……」

「聞いたぜリディア！　こいつがあの花の効用について嘘を教えたんだって？　そのせいで最近リディアの様子がおかしかったのかも、ってさっきこいつが白状しやがったんだ」

ケビは苦々しげにそう言って、ロキの頭をぺしっと叩《たた》く。ロキは叩かれた額を短い前足で押さえて、窺《うかが》うような目でリディアを見た。

「だってあんな噂を聞いちゃったら、教えずにいるほうが不親切だと思って……」

「んなわけあるか！　なんでそんなことを思っちゃったんだよ？」

「又聞きだけど、噂をしてた人間が、花の持ち主に教えてあげたほうがいいって言ってたみたいだからぁ」

「一体どんな人間がそんな噂をしてたんだよ。それは聞いてないのか？」

ケビの問いに、ロキは首を傾げる。

「なんか黒っぽい妙な人間だったって言ってたと思うんだけど……あれ？　なんでそんな変な噂をぼく、信じちゃったんだろう？」

するとヒ精たちの会話を黙って聞いていたエルヴィンドが、苦く嘆息した。

「なるほどな。ユルドの計略にお前はまんまと引っかかったというわけか、ロキ」

え、とロキは全身の毛を逆立てて青ざめる。

「ユ、ユ、ユルドぉ!?」

「今のユルドは実体を持たない黒い靄《もや》や火の粉の集合体のようなものだ。気付かない間に妖精に噂話を吹き込めるような距離にまで侵入を許していたとはな」

エルヴィンドはかぶりを振り、リディアに向き直る。

「私が屋敷に施していた護《まも》りが足りなかったせいで、お前を幾重にも危険に晒《さら》してしまった。……済まなかった」

「い——いいえ！」

リディアは、消えてしまいそうに儚《はかな》げな普段の彼女からは珍しく、強い語調で否定した。

「わたしの心が弱かったせいです。だからつけ込まれてしまったのです。本当は誰よりもあなたの言葉こそを信じるべきだったのに、わたしは……よりによって敵の言うことや幻の言葉のほうを信じてしまった」

「リディア……」

「未熟な花嫁を、許してくださいますか」

リディアはエルヴィンドの目をまっすぐに見つめたまま問う。

「あなたのお傍にいたいというわたしの望みを、叶《かな》えてくださいますか」

眼差《まなざ》しと同じようにまっすぐなその言葉に、エルヴィンドは微笑む。

「お前の望みなら何でも叶えてやろう。お前は私のただ一人の花嫁なのだから」

リディアは幸福そうにふわりと笑った。それは文字通り花が咲くような笑顔だった。

雨が過ぎ去った後の空には見事な虹《にじ》が架かっている。美しい二人が虹の下で幸せそうに見つめ合っている姿は絵画のようで、ノアはめでたしめでたしと拍手でもしたくなった。

と――先ほどから幾度かこちらを気にしていたリディアが、ついに意を決したように口を開く。

「あ、あの」

その並々ならぬ決意を込めたような呼びかけに、ノアは首を傾げる。

「はい、なんでしょう」

するとリディアは胸もとで両手を握りながら、窺うようにほんの少し眉《まゆ》を寄せた。

「失礼ですが……その、どちら様でしょうか……？」

ノアは思わずエルヴィンドと顔を見合わせる。

そして自分の身体を見下ろし、自分の頬を触り――ようやく気付いた。

「――ああ。これは失礼しました」

ノアはようやく自分が今、リディアの見慣れた少年の姿をしていないということを思い出した。

リディアは突然目の前に現れて、当たり前のように親しげに話しかけてきていたその老紳士に、とうとう意を決して誰何《すいか》した。

ここしばらく精神状態が普通ではなかったせいで、抜け殻のような茫然《ぼうぜん》自失状態で生きていたから、日々の記憶も定かではなかったのだ。もしかするとこの老紳士とはその間に初めて顔を合わせていたのかもしれないが、申し訳ないことにリディアにはまったく記憶がない。

あまりにも自然に話しかけてくるし、エルヴィンドも当然のように会話するものだから、質問するタイミングを完全に逸してしまっていた。

すると老紳士は、かぶっていたつば付きのフェルト帽を取り、こちらにお辞儀をするように頭を下げた。そして再び顔を上げると――

「……え？」

リディアは目を瞬《しばた》かせる。

目の前にはさっきまでの老紳士ではなく、同じ格好をしたノア少年が立っているのだ。

「……え？　え？」

混乱して、ノアとエルヴィンドの顔を交互に見る。

エルヴィンドはそこでようやく、ああ、と何かに気付いたようだった。

「そういえば説明する機会をすっかり逃していたな。ノアはこの通り、外見年齢を自在に変えられるのだ」

「といっても主に少年の姿と、先ほどまでの老齢の姿の二パターンですが」

「ノ、ノアさん、わたしと同じ人間なんじゃ……？」

「はい。なのであなたと同じように、聖獣の眷属《けんぞく》としての能力をひとつだけ持っているんです」

言ってノアは、手に持っていた帽子を再び被《かぶ》る。するとまた手品のように、その姿は老紳士のものに変わっている。身長もかなり伸びていて、確かにノア少年がそのまま年を取ったらこうなるのだろうな、と納得せざるを得ない容貌《ようぼう》だ。

「子どもの姿のままではエルヴィンド様の代理として様々な職務を全うするのに不便な場面も多いので、屋敷の外ではこちらの姿であることが多いんです。特に百貨店事業のほうで取引先と会うときや、今回のように神殿の支援に奔走するときなんかには」

リディアは何だか力が抜けてしまった。驚いてしまうからそういうことは早く教えておいてほしい、という気持ちをこめて、恨みがましい目でエルヴィンドを見上げてしまう。

エルヴィンドはリディアを宥《なだ》めるように微笑む。

「近々、我々が手がける百貨店にリディアもともに行こう。そろそろ少し遠出をしても身体には障らないだろう」

その言葉に、リディアはぱっと顔を輝かせた。

「アーレンバリにあるという百貨店ですか？　わたし、アーレンバリにはずっと行ってみたかったんです」

「ああ。繁華街の一等地だ。百貨店オルヘスタルズといえば、アーレンバリの中でも無いものが無いと言われる名店だぞ。街で一番大きな花屋も入っている」

わあ、とリディアは感嘆の声を上げる。近代的な大きな街も、賑《にぎ》やかな繁華街も、百貨店も花屋も書物の中だけでしか見られないと思っていたから、期待で胸がときめいてしまう。

エルヴィンドは誇らしげにノアを目顔で示した。

「オルヘスタルズの代表取締役はノアだ」

「僕はあくまで手足です。陰の最高経営責任者はエルヴィンド様なので騙《だま》されないでください、リディア様」

言いつつも、ノアは尊敬の眼差《まなざ》しを向けてくるリディアに一礼した。

「改めまして、ノア・オルヘスタルと申します」

リディアはその名前に一瞬何かの引っかかりを覚えた気がしたが、ひとまず今は挨拶をと思い直し、一礼を返しながら答える。

「お名前が百貨店の名前にまでなってるなんて、すごいです」

「エルヴィンド様の名前を出さないほうが人間社会では何かと動きが取りやすいので、隠れ蓑《みの》のようなものなんですよ。オルヘスタルズに出店している店舗の人々も、まさか聖獣が最高経営責任者の百貨店で自分が働いているなんて夢にも思っていないでしょう」

確かにそうかもしれない。真実を知ったらきっと従業員の人たちは驚くだろうな、とリディアは吹き出した。

「わたし、ノアさんに対してどうしても敬語になってしまうのを自分でも不思議に思っていたんです。だけど今の姿を見て、その理由がわかりました」

「基本は少年の姿のほうなので、もっと気楽に接していただいて構わないんですが」

「この姿のノアさんを見てしまったら、ますますそんなわけにはいきません」

ひとしきり笑い合い、ノアはエルヴィンドに向き直る。

「それでエルヴィンド様、後始末はいかがいたしますか。先ほど神殿のほうで、森に隠れてこちらを窺《うかが》っている複数の人間の気配も新たに観測しましたが」

するとエルヴィンドは腕の中のリディアを見下ろした。

「その話は後ほど私の書斎でしよう。リディアには醜い話は聞かせたくない」

「承知いたしました」

醜い話、という文言にリディアはふと一抹の不安を覚える。

気絶したまま足もとに転がされているフェリクスを見やる。聖獣の住居に侵入して花嫁を誘拐しようとしたのだから、厳罰は免れないだろう。軍部が関わっているにしろ個人の裁量で勝手に動いていたにしろ、ヒェリ・バーリとアーレンバリとの間で何らかの穏やかではないやり取りが行なわれることは間違いない。

するとエルヴィンドはリディアの顎《あご》を指先で軽く持ち上げるようにして、フェリクスから視線を外させた。

「お前が気にしなければならないことは何もない、リディア。言っただろう、お前にはこの世界の美しいものをもっと見せたいと。醜いことはお前の瞳《ひとみ》の中には入れず、醜い声も聞かせない。お前はただ私のことだけを見て、私の声だけを聞いていればいい」

そんなことを、至近距離から金色の瞳でじっとリディアを見つめながら囁《ささや》く。

その、ある種の独占欲めいた言葉に、リディアは微笑む。頰に触れたいな、と思った気持ちのままに、エルヴィンドの頰に手を伸ばす。

彼の傍にいれば、リディアは心の目を開き、美しいものを美しいとただ感じる——そんな当たり前の人生を、きっと取り戻せる。

それどころか、恐らくそれ以上のものを彼は与えてくれるだろう。

彼の傍で彼の孤独に寄り添い、使命を果たすことが、果たしてその恩返しになるだろうか。

いつからか胸の奥に生まれていた、この愛という温かいものを、毎日毎秒、彼に手渡していくことで。

その第一歩として、指先にその愛をほんの一しずくこめて、彼の頰を撫《な》でる。

「……はい。では、わたしはあなたが見せてくれるものを、毎日あなたの傍で楽しみにしながら生きていきますね。エルヴィンド様」

エルヴィンドはその返答にほんの少し驚いたように、金色の瞳を見開いた。

(あ、また)

猫みたいだ。北の国で誇り高く生きる、優しくて大きなバーリ・カット。

リディアの手に、エルヴィンドの手が重なる。そして指先に頬をすり寄せてくる。

見上げた空には、雨上がりの虹《にじ》がいつまでも消えずに、澄んだ青の只中《ただなか》に架かり続けていた。

＊＊＊

フェリクス・アンデルによるエルヴィンド邸襲撃事件は、結論から言えば、神殿と軍部の間で内々に話がついた。

まず、神殿の敷地内を占有していた難民たちは、此度《こたび》の一連の作戦に陽動人員として関与していたものの、その目的までは知らされていなかったということで、リディア誘拐の罪までは問われないことになった。アーレンバリに強制送還された上で、アーレンバリの法によって裁かれることとなる。

実行犯のフェリクス・アンデルは、尋問の末、上官からの命令で仕方なくやったと吐いた。

その上官であるフェリクスの実父ベンノ・アンデルは、リディア誘拐を含めた複数の犯罪の首謀者として、強制除隊の上、一切の減刑なしの二百年の懲役という刑罰が科せられた。無論、ただの人間にとっては寿命以上の年月だ。死刑制度が廃止されて久しいアーレンバリでは一番重い刑罰である。息子のフェリクスは一旦《いったん》営倉入りとなり、その後強制除隊となるかどうかの判断は軍部に託されることになった。

神殿側、もといエルヴィンド側からすれば、今回の事件の真犯人はユルドと言っても過言ではない。だがそれを人間側に明かすわけにはいかないため、結果的にベンノに全ての罪を被《かぶ》ってもらう形になった。とはいえそもそもベンノがエルヴィンドに対して敵意を抱いていなければユルドにつけ込まれることもなかったので、あるべきところに収まったと言えばその通りではある。

エルヴィンドから出した要求は、慶事の前だから事件は表沙汰《おもてざた》にはせず処罰だけを粛々と実行してほしい、という一点だった。好奇の目やその他の災いからリディアを守るためだ。

軍部側からしても今回のことは、日頃から頭を悩ませていた過激派の中核のひとつを排除できる絶好の機会になったことだろう。その証左に話し合いの席では常に低姿勢だったし、エルヴィンドが出した要求も素直に呑《の》んだ。

表向きにはヒェリ・バーリとアーレンバリとの間には波風すら立つことなく、以前と変わらずつかず離れずの関係が保たれた形になる。

しかし、これで此度の事件が完全に解決したわけではもちろんない。

今回はユルドを一旦は退けられたものの、その脅威が去ったわけでは決してないのだ。

ユルドの肉体が封印されている場所を見つけ出して決着をつけない限り、ユルドの欠片《かけら》──あの幽体は何度でもリディアとエルヴィンドの前に姿を現わすだろう。そのたびに力を蓄えて、今回よりもさらに圧倒的な力で立ちはだかってくる可能性だってあるのだ。

しかしひとまずは、それはまだ少し先の話である。

今、まさにこの瞬間、リディアの前には別の大きな問題が立ちはだかっていた。

その日、エルヴィンド邸に二人の来客があった。

一人は派手に着飾った巨体を揺らした中年の女、そしてもう一人は同じように派手に着飾った若い女だ。

二人は手に大きな荷物を抱えていた。それぞれ背中にまで荷を担いでいて、それだけを見ればいかにも夜逃げでもしてきたかのような風体である。如何《いかん》せん化粧も服装も華やかすぎて、大荷物との対比がちぐはぐになってしまっているのだが。

ノアは主《あるじ》たちのために馬車の支度をしようと玄関の扉を開けたところで――ちなみにあれ以来、老齢の姿だとリディアが身構えてしまうのでずっと少年の姿のままだ――、ちょうどその二人の来客と鉢合わせ、思わず固まった。先日の事件の疲れが尾を引いていたために、一瞬また新手の難民かと思ったのだ。

二人の大荷物女はノアの顔を見た瞬間、泣き声めいた声を上げて玄関ホールに押し入ってきた。相手は女なのでノアは下手に押し返すこともできず、揉《も》みくちゃにされながら押し入られるに任せてしまう。

「お願いぼうや、あたしたちを助けてよ！」

若いほうの女が、大きく開いた胸もとを強調するようにすり寄ってくる。ノアはもう完全に固まってしまって動けない。

すると巨体の女のほうも、若いほうの女と両側からノアを挟み込むようにして圧迫し、物理的に動きを止めてくる。

「娘の旦那《だんな》が失脚しちまって、全財産が屋敷まで差し押さえられちまって行くところがないんだよ。せっかくアーレンバリの一等地の百貨店に移した店も立ち入り禁止になっちまうし――あたしの店なのにだよ⁉　こんな理不尽なことがあるかい！」

「もともとヒェリ・バーリで住んでた家もとっくに売っぱらっちゃったのよ。あんたこの屋敷の従僕か何かでしょう？　お願いよ、少しの間でいいからここに住まわせてもらえるよう、ご主人様に頼んでちょうだい。あたしたち、家族でしょう⁉」

長々と述べられた台詞《せりふ》の前半部分はともかく、最後の部分はさすがに聞き捨てならなかった。

意味がまったくわからないという意味で。

「……は？」

ノアがそれだけしか呟《つぶや》くことができず、二人の女にただ揉みくちゃにされていると、奥から主たちが来てしまった。

エルヴィンドがノアの姿を見つけて声を掛けてくる。

「ノア、どうした？　馬車の用意は——」

言いかけて、エルヴィンドは言葉を止めた。そして半歩後ろにいるリディアを腕で制止し、そのまま自分の背後に隠す。エルヴィンドは外出用の外套《がいとう》を着ているので、小柄なリディアはその長い裾《すそ》にすっぽりと隠れている状態だ。

ノアは完全に途方に暮れて、主に助けを求めた。

「それがその……このご婦人方が」

二人の女はエルヴィンドの姿を見た途端、荷物を放り出して床に這《は》いつくばった。そして声を揃えて叫ぶ。

「お許しください、聖獣様！　どうかお助けくださいまし！」

ノアが思わず恐怖を感じて後退《あとずさ》ってしまうほどの勢いで、二人は涙ながらに訴える。

「あたしたち、あれから夜毎にこれまでの人生を反省し、すっかり心を入れ替えましたの。もう以前のあたしたちではありませんわ」

若いほうの女がそう言う横で、巨体の女も太い指で涙を拭《ぬぐ》う仕草をする。

涙など一滴も流れていないように見えるが。

「ええ、あたしどもが愚かでしたとも。これからは罪の償いに、リディアを一番に愛し、尽くしたいと思っているんですよ。ええ、心から！　だからどうかここに置いてくださいまし。あたしどもはリディアの実の家族なんだ、それすなわち聖獣様の家族ということでもある。よもや家族を見捨てたりはなさいませんよね⁉」

這いつくばって必死に訴える女二人を、エルヴィンドが一体どんな目で見下ろしているのか、ノアは怖くてとても確かめることなどできなかった。

まんまとエルヴィンド邸に押し入ったイサベレとヨセフィンは、あの夜対面して以来のエルヴィンド卿《きょう》に土下座をしながら、見えないところでこっそりとほくそ笑んでいた。

二人がここに来たのは、ベンノの失脚によりすべてを失ってしまったからというのも事実だ。しかし実のところ、それよりも大きな目的はリディアだった。

目の前にいる玲瓏《れいろう》たる美青年。彼はその実、化け物だ。

結婚式の後、花嫁を生贄《いけにえ》として食べてしまう恐ろしい獣。

だからこそこの人間離れした美しさを保っているのだ。乙女の血肉を喰《く》らうような化け物でないなら、どうしてこんな完璧《かんぺき》な美を備えることなどできようか。

ヨセフィンはベンノに嫁いで以来、自分の夫がエルヴィンドとは似ても似つかない中年男であることに嫌気が差していた。世間一般的には地位も財産も結婚相手としては申し分ないのだろう。が、ヨセフィンに関しては状況が違う。

世界で一番憎んでいた妹が、ベンノなどとは比べるべくもない地位も財産も持った美青年に見初められたのだから。

なぜ選ばれたのが自分ではないのか、と頭を掻《か》き毟《むし》りたくなるたびに、結婚と同時にリディアはその美青年に喰い殺されるのだと自分に言い聞かせて、何とか溜飲《りゅういん》を下げていた。そうでないと嫉妬《しっと》でどうにかなってしまいそうだった。

あの夜も思った——そして今再び彼を目の前にしても思うのだ。

この人になら喰い殺されても構わない、と。

ヨセフィンは他の数多《あまた》の娘たちと同様、エルヴィンドにすっかり魅入られていた。

この苦しみから逃れるためには、実際にリディアが苦しんでいるところを目の当たりにするより他に方法がない。

結婚とともに喰い殺そうという相手を、まさか大事に大事に扱ったりはしないだろう。奴隷のようにこき使われているか、結婚式まで地下牢《ちかろう》にでも入れられているか、あるいは死ぬぎりぎりのところでいたぶられていてもおかしくはない。

(ほらエルヴィンド、さっさと首を縦に振りなさいよ。この屋敷にさえいられれば、あんたがリディアをどこに隠していようが見つけてやれるわ)

聖獣にいたぶられているリディアはどんな姿だろうか。

全身傷だらけで、腫《は》れ上がって、骨と皮だけの痩《や》せぎすの身体で、冷たい床にボロ雑《ぞう》巾《きん》のように放置されているだろうか。

窪《くぼ》んだ目で朦朧《もうろう》とこちらを見るリディアを想像し、ヨセフィンは更に笑みを深めた。

(そして——エルヴィンドの隣には、あの女の代わりにこのあたしが——)

リディアは故意に自分の前に広げられたエルヴィンドの外套から、顔を出していいものかどうかを決めあぐねていた。

さっきから聞こえてきている泣き声まじりの女たちの声にはもちろん聞き覚えがある。

なぜあの二人がここに、と恐怖で足が竦《すく》んだのは一瞬で、自分を庇《かば》い守ってくれるエルヴィンドの背中にとても安心感を覚えた。

もう、あの二人に命を握られ、お前には生きる価値がないと罵《ののし》られていたあの頃の自分ではない。

今は傍にこんなにも頼れる人がいてくれる。

自分を守ってくれる誰かがいるという事実は、心さえも強くしてくれる気がした。何があっても傍にいてくれると信じられる相手だからこそ、その背中に守ってもらうばかりでなくても大丈夫だと。

リディアはエルヴィンドの背中にそっと触れる。

「わたしなら、大丈夫です。どうか話をさせてください」

エルヴィンドは肩越しにリディアを気遣う眼差《まなざ》しを向けてきた。その優しい金色の瞳《ひとみ》に微笑みで返す。

エルヴィンドは観念したように溜息《ためいき》をひとつ吐くと、外套を広げていた腕を下ろした。

彼の後ろから、リディアは一歩前に出る。

そこには果たして、もう二度と会うこともないと思っていた二人が――母と姉がいた。

床に這いつくばった体勢で、驚愕《きょうがく》に目も口も大きく開けて、リディアを見上げてきていた。

「……嘘よ」

震えながら、消え入りそうな声で二人は呻《うめ》く。

「お前は、あんなに醜かったはずなのに……」

リディアは今、外出着に身を包んでいる。

婚礼の準備にあたって衣装を仕立てるのに、エルヴィンドは神殿ぐるみで贔屓《ひいき》にしている馴染《なじ》みの外商を呼ぶと言ってくれたのだけれど、リディアは一度でいいから同じ年頃の娘たちのように街のお店に行ってみたいと頼んだのだ。いつかの言葉通り、エルヴィンドはリディアの望みなら何でも叶《かな》えてくれる。今日はこれから二人連れ立って、街までその婚礼衣装の仮縫いに向かうところだった。

婚礼衣装の色や形は掟《おきて》によって厳しく定められているから、普通の花嫁のようにドレスを選ぶ楽しみなどはないけれど、それでも夫とともに結婚の準備をするための大切な日だ。だから今朝は早起きをして、普段はしない化粧を薄くだけれども施し、髪を綺麗《きれい》に編み込んだ。そしていつもなら気後れしてしまって手に取ることもできていなかった高価なワンピースに初めて袖《そで》を通した。淡くくすんだ薄紅色の、一色の生地の凹凸によって繊細な花柄が表現された膨れジャカード織り。袖の膨らみもスカートの広がりも控えめながら、完璧なバランスでリディアの身体の線を引き立てている。上品さの中にある一滴の華やかさが美しい一着だ。

二人の顔を一目見た瞬間、忘れかけていたはずの恐怖が一瞬湧き上がってきた。

幼い頃から虐《しいた》げられ、罵られ続けてきた記憶。美しい記憶によってどんなに新しく上書きしても、その下にある過去の記憶が完全に消え去ることはないのだ。

けれどリディアの両手はもう、震えない。

二人は血走った目で、わなわなと唇を震わせながらリディアを穴が開くほど見つめている。

この二人にとっては、自分はどこまで行っても醜い娘のままなのだろう。

けれどリディア自身の人生には、かつての醜い娘はもうどこにもいない。

実の母を奥様と、実の姉をお嬢様と呼ぶ哀れな少女も。

「イサベレさん、そしてヨセフィンさん」

リディアは二人の前に立ち、そして目線を合わせるように膝《ひざ》をついた。

凛と背筋を伸ばして。

「あなた方が憎んだリディア・オーケリエルムという娘は、もうこの世界のどこにもいません」

人間ではないエルヴィンドは姓を持たない。便宜上の通称はあるそうだが、それは正式なものではないのだ。エルヴィンドと添う伴侶《はんりょ》もまた姓を失う。

哀れだった娘は過去のしがらみから抜け出して、ただのリディアになるのだ。

「いなくなってしまった者のことなど忘れて、ご自分の人生を生きてください。己が何者であるのか、決めるのは己自身――他の誰かではないのですから」

イサベレとヨセフィンは、がくりと項垂《うなだ》れてしまった。

その双眸《そうぼう》からは先ほどまでの殺気立った覇気は消え失せてしまっている。行く先へと至る道しるべを失ってしまった、彷徨《さまよ》う旅人のように、肩を落としてみるみる消沈していく。

エルヴィンドがリディアに手を差し出し、抱き起こしてくれる。立ち上がると、彼はリディアの腰に回した手に力を込めた。そして強く抱き寄せ、傍らに控えているノアに命じる。

「この者らをつまみ出せ。二度とリディアに近づけさせるな」

「承知いたしました」

ノアは答え、老紳士の姿になってイサベレとヨセフィンを立たせた。老齢とはいえ、少年の身体よりも上背も力もあり、何事にも臆《おく》さない度胸までも備わっているようだ。

二人は抵抗する気力をすっかり削《そ》がれてしまっているのか、魂が抜けたように呆然《ぼうぜん》としている。機械的にてきぱきと二人を縛り上げ、どこかへ連行していくノアの後ろ姿に、リディアはふとエルヴィンドを見上げた。

「二人はこれからどうなるのですか？」

「アーレンバリへ送り返す。処断する権利は私ではなくアーレンバリのほうにあるから、その先どうなるかはわからない。本当はこの手でその命を摘み取ってやりたいほどに憎い相手だが」

その言葉が聞こえたのだろう、イサベレとヨセフィンの肩がびくりと震える。

エルヴィンドはリディアの頬を撫《な》で、厳《いか》めしかった表情をほんの少し緩めた。

「だが当事者であるお前が温情を与えたのだ。私もあの者らの命に関しては、お前の意思に従おう」

言って彼は、安心させるようにリディアの髪に口づけた。

命に関しては、温情を下す。だが命でない部分に関してはその限りではないのだ、と――エルヴィンドが今腹の内で何を考えているか、リディアは知る由もなかった。


アーレンバリに戻されたイサベレとヨセフィンは、意気消沈しながらもしぶとくアンデル家の親戚《しんせき》筋に助けを求めることにした。

アンデル家のトップであるベンノは確かに二度と復活不可能なほど失脚してしまったが、その崩壊は老獪《ろうかい》なあの男が今までに張り巡らせていた枝葉にまでは及んでいないはずだ。親戚筋は軍部とは関係のない商業で数々の成功を収めているのだ。イサベレが取り上げられてしまった店が入っていた巨大百貨店の中にも、アンデル家の店は他にも多数入っている。

しかし頼れそうな親戚筋の誰に何度連絡をしても、なぜか誰とも連絡がつかない。

もしやベンノと共倒れになることを恐れて、イサベレやヨセフィンと縁を切ろうとしているのか。あるいは無一文になった二人を助けても金にならないと見限られたのか。

だがやがて二人は、自分たちの考えが誤っていたことに気付くことになる。

あまりにも誰とも連絡がつかないから、業を煮やして二人が件《くだん》の百貨店にまで乗り込んだときだ。

アンデル家が経営に関わっていたテナントがすべて閉店しているのを、二人は目の当たりにしたのである。

ある店は売り物もそのままに、入り口に立ち入り禁止のロープが張られている。またある店は既に別のテナントが入るための工事が始まっている。

イサベレとヨセフィンは、百貨店中のすべてのアンデル家関連の店が同じ状況になっていることを知り、呆然と立ち尽くした。

二人は知らない——この百貨店『オルヘスタルズ』の最高経営責任者が、他ならないエルヴィンドであるということを。

いくらリディアが許すと言っても、彼女の言葉に反さない範囲で、エルヴィンドが独自に制裁を加えるために動いていたということを。

この世の春を謳歌《おうか》していたはずのアンデル家の一族は、こうして栄華の日々から一転、破滅の一途を辿《たど》ることになったのだった。

＊＊＊

聖獣ファフニール・エルヴィンドとその花嫁リディアとの婚礼の儀式は、満月の日の正午、ヒェリ・バーリの神殿の礼拝堂にて執り行なわれた。

礼拝堂の中は関係者以外立ち入り禁止で、立会人に任命されたノアと、そしてハンスをはじめとする神官たちという面々が見守る中、厳かに進んだ。それはめでたい祝い事というよりも、宗教施設の儀式の一つという色が強かった。決められたしきたりに粛々と従い、獅子《しし》のレリーフに蠟燭《ろうそく》の火を灯《とも》し、祈りを捧《ささ》げ、聖なる酒を飲み、結婚の誓いを立てる。街で仕立てた婚礼衣装も現代ふうのものではなく、時代がかった豪華で重く堅苦しいもので、これは見た目には最高位の神官の衣に近い。

神殿の外の広場も、そしてその外も——ヒェリ・バーリの城壁内すべてが、今日は朝からお祭り騒ぎだ。否、繁華街では昨夜から既に前夜祭まで行なわれていた。国を挙げての大イベントだから、今日はすべての仕事が休みになり、皆店を閉め、国民ら総出で飲めや歌えの大騒ぎだ。この祭りは一週間は続くことだろう。

そんな外の様子と、神殿の中の様子は本当に、天と地ほども違った。

リディアは雰囲気に完全に呑《の》まれてしまい、緊張のあまり儀式の間の記憶が一切なかったほどだ。

唯一鮮明に覚えているのは指輪の交換だった。エルヴィンドからあの指輪を嵌《は》められた瞬間、リディアの頭の中に新たな啓示が書き込まれたのだ。

——指輪の導きに従って、ユルドの居場所を突き止め、そこへエルヴィンドを至らしめること。

——その使命を果たすには、星の巡りを読み、機を待たねばならないこと。

——そして、そのときリディアには、もうひとつの重大な使命が与えられるということも。

そのもうひとつの使命というのが何なのか、そこまでは今はまだわからない。だがリディアは不思議と、まだ全貌《ぜんぼう》の見えないそれに対して、まったく恐れを抱かなかった。

(今のわたしになら、きっとできる。エルヴィンド様のための使命なら何だって果たせるよう、がんばれるわ)

指に嵌まった誓いの指輪は、リディアに使命だけでなく、それに立ち向かう心の強さをも与えてくれたようだった。

エルヴィンドがリディアの手を取ったまま、他の者に聞こえないぐらいの小声で語りかけてくる。

「大丈夫か、リディア」

リディアは微笑み、頷《うなず》いた。

花嫁の使命に関する啓示があったことを、エルヴィンドのほうも悟ったのだろう。そしてそれがリディアにとってどれほどの重みを持つものであるのかも。

そのままこちらの耳もとに唇を寄せるようにして、彼は告げた。

「私はその使命が、お前の生きる理由のひとつになってくれることを願う」

リディアは瞠目《どうもく》し、エルヴィンドを見上げる。

あまりにも優しい言葉に――そしてその言葉を与えてくれるに相応《ふさわ》しい眼差《まなざ》しに、リディアの目から一筋の涙が溢《あふ》れ、幸せに紅潮する頬を伝った。


神殿での婚姻の儀式を終えた二人は、一度屋敷に戻った。

祭りは満月の出る夜が本番だ。陽が落ちたら二人は神殿前の広場で、人々の前に出て婚礼衣装姿を披露することになっていた。明日には天井部分のない馬車に乗り、ヒェリ・バーリ中を巡ることになっている。そして沿道の国民たちに挨拶《あいさつ》をして回るのだ。

他国の貴人であれば、そういった行事は今日のうちに終わらせてしまうことが多いのだが、エルヴィンドがあえてそれらを二日目にずらしたのには理由があった。

リディアはまだその理由を聞かされていない。が、緊張で身体ががちがちに強《こわ》ばってしまっていたから、屋敷に戻ってゆっくり過ごせる時間を持てるのは心の底からありがたかった。

ようやく緊張から解放されて、リディアは重たい婚礼衣装のまま、思わず居間のソファに沈み込んでしまう。夜にはまたこれを着て国民たちの前に出なければならないから、一度自室に戻って、着替えて身体を休めたい。そう思うのに、どうにも力が抜けてしまって立ち上がることができない。

するとそんなリディアの姿を見て、同じく婚礼衣装姿のままのエルヴィンドが笑った。

「お前がそんなふうになるのは珍しいな」

「……エルヴィンド様は平気なのですか？」

信じられない思いで彼を見返すが、彼は涼しい顔をしている。リディアが着れば堅苦しいばかりの婚礼衣装も、エルヴィンドは完全に着こなしているのだ。身長が高く、細身ながらほどよい筋肉がついた、均整の取れた彼の身体には、似合わない衣服など存在しないのかもしれない。

するとエルヴィンドはまた笑った。そしてテーブルの上に載っていた平べったく大きな箱をリディアに差し出してくる。

「花嫁にはお疲れのところ申し訳ないが、贈り物だ」

さっきからあの箱は何かしらと気になってはいた。まさか自分宛《あて》のものだとは思わず、リディアは思わずソファから飛び起きる。

「エルヴィンド様がわたしにですか？」

「いや――どうだろうな。とにかく開けてみてくれ」

煮え切らない言い方の割に、どこかわくわくしたような口調だ。リディアは首を傾げつつ、箱にかかったリボンを解《ほど》き、開けてみる。

そこには、柔らかく軽やかなモスリン生地で作られた、真っ白なドレスが入っていた。日差しが降り注ぐ森の中、美しく咲いた花々に囲まれながら着るのが似合いそうなウェディングドレスだ。ほっそりしたシルエットでありながら、身体を締めつけない作り。傍らには白い花だけが用いられた、可憐《かれん》な花冠の髪飾りもある。

どちらも、明らかに手作りの品だ。

プロの仕立屋によるものではなく、もっと身近な――例えば祖母が孫娘のために、母親が娘のために、心を込めて縫い上げたような。

花冠の髪飾りには、同じ色の白いリボンがついている。そしてそのリボンには、淡い水色の糸で刺繍《ししゅう》が施されていた。――リディア、と。

「これ……わたしの名前」

リディアは思わずドレスと髪飾りを抱き締めたまま、エルヴィンドを見上げる。

するとエルヴィンドは微笑み、扉近くに控えていたノアに目配せをした。ノアは頷き、扉を開く。そして何事かを扉の外に語りかける。誰かがそこにいるのだ。

ノアに促されながらおずおずと入室してきた人物に、リディアは立ち上がった。

急激に涙がこみ上げ、頬を伝う。

「……ビルギット、さん」

そこには、あの日リディアが薬を届けることの叶《かな》わなかった老婆――ビルギットが立っていたのだ。

「……リディア」

ビルギットの目がリディアを捉《とら》えた瞬間潤む。

リディアは重たい婚礼衣装も構わず駆け出して、ビルギットを抱き締めた。

何を言えばいいのだろう。薬を届けられなかったことを謝りたいと思っていたのに、いざ本人を目の前にすると、謝罪の言葉がどこかに飛んでいってしまって出てこない。

ただ喜びと安堵《あんど》で嗚咽《おえつ》するリディアを、ビルギットが優しく抱き締め返してくれた。

「結婚おめでとう、リディア」

まるで祖母が孫娘に語りかけるように、ビルギットはリディアの頭を撫《な》でる。

「薬のお礼に、リディアに似合いそうなリボンに名前を刺繍していたんだけれど、渡すことができなくてずっと気に掛かっていたんだ。たくさん助けてもらったのに、ちゃんとお礼ができなくて……」

「そんなことない。わたし、ビルギットさんがいてくれたから、あの辛《つら》い日々を何とか生きていられました」

ビルギットはリディアの両肩を優しく掴み、顔を覗き込む。

「聖獣様がね、言ってくだすったんだよ。リディアにお礼をしたいなら、婚礼のドレスを縫ってくれないかって。きっと喜んでくれるからってね」

涙が次から次へと溢れてしまって、こんなに近くにいるのに、もうビルギットの顔が見えない。

「泣くのはおよし。かわいい顔が台無しだよ。さあ、着替えようじゃないか」

え、と目を上げると、ビルギットはエルヴィンドに微笑みかけている。

エルヴィンドは頷き、リディアに手を差し出してきた。

「今から中庭で、私たちだけの小さな結婚式を挙げよう」

涙がまた溢れてしまう。リディアの身体はビルギットからエルヴィンドの腕の中へと渡され、柔く抱き締められる。

「エルヴィンド様は……、どうしてわたしが言わなくても、わたしの望むことがわかるのですか？」

泣きすぎて鼻声になってしまった。エルヴィンドは愛おしげにリディアの髪に頰をすり寄せてくる。

「愛しい相手の望みなら、何でも叶えてやりたいからだ」

「……答えに、なっていない気がします」

額が触れ合うほどの近さで、二人は思わず笑い合う。

「参列者はビルギットさんと、あとは？」

「妖精《ようせい》たちもめかし込んで、お前が中庭に来るのを今か今かと待っているようだぞ」

花や小さな帽子やリボンタイでおめかしをしたケビとロキとアイノが、団子のようにくっついてわくわくしている様子を思い浮かべて、そのあまりの愛らしさに吹き出してしまった。

リディアはふと、部屋の中を見回す。ビルギットと入れ替わりに出て行ってしまったのか、いつの間にかノアの姿がない。

彼はエルヴィンドの従者だ。神殿での挙式では聖獣の眷属《けんぞく》として立会人の大役を仰せつかっていたが、この屋敷での彼は使用人の身分。一緒に祝うわけにはいかないのだろうか。今日ばかりは自分たちの給仕や世話などせずに、ノアにも祝い事を楽しんでもらいたいのに。いくら老紳士に姿を変えられるとはいえ、年端もいかない少年がこんな日にまで働き詰めなのはあまりに可哀想だ。

寂しげな顔をするリディアの頬を、エルヴィンドの指先が撫でる。

見上げると、彼の金色の双眸《そうぼう》が悪戯《いたずら》っぽい色を浮かべている。

「言っただろう。お前の望みは何でも叶えてやりたいと」

と——扉が開き、ノアが入ってくる。いつも通り、老紳士ではなく少年の姿だ。

しかしさっきまでの従者のお仕着せ姿ではない。時代がかった、豪華で威厳のある——言ってみれば、時代物の芝居に登場する王族の正装のような衣装。

こちらに歩み寄ってくる立ち居振る舞いも、普段のノアとは随分と違って見える。顔かたちは間違いなくノアのものなのに、きびきびと動く少年従者の面影はどこにもない。泰然とした——エルヴィンドにも似た、人の上に立つ者の風格とでも言うべき雰囲気。

「従者としてではない参列をお許しくださり、感謝申し上げます。エルヴィンド卿《きょう》」

ノアはいつもとはまったく違う口調でそう言った。

目の前のノアといつものノアがまるで結びつかず混乱するリディアを尻目《しりめ》に、エルヴィンドは悠然とノアに目礼する。

「私どものささやかな結婚式にご足労いただき感謝申し上げる。ノア・オルヘスタル陛下」

──陛下。

明らかに一国家の貴人を称するために使用されるその呼称に、リディアはビルギットともども固まってしまった。

ノア・オルヘスタル、とビルギットが幽霊でも見たような信じられない面持ちでうわごとのように呟《つぶや》く。声はすっかり震えてしまっている。

ノアという名前は、アーレンバリを含む北方の国々において非常によくある男性名だ。学校に行けば同じクラスに三人はいるという。オルヘスタルという姓も、公的な書類の見本に『よくある姓の代表』のような形で書かれることもあるほど一般的なものである。だからリディアは今日に至るまで、ノア・オルヘスタルという名前に何の違和感も持たなかった。

確かに最初に名前を聞いたとき、一瞬、思いはしたのだが。

──アーレンバリの初代国王陛下と同じ名前だな、と。

抱き合ってすっかり震え上がってしまっているリディアとビルギットに、ノアは最高位の貴人らしく恭しく一礼した。

「ご安心ください。幽霊というわけではありませんから。初代国王ノア・オルヘスタルは無事に世継ぎを残して八十余年の生を全うしたと後世には伝わっていますが、実はこの世を去る直前にエルヴィンド様の眷属に迎え入れられていたんです。なぜか建国のお告げを受けた十四歳の頃の姿に逆戻りし、以来ずっとエルヴィンド様の従者として傍でお仕えしてきました」

言ってノアは、今にも気絶しそうな顔色で祈りの体勢を取っているビルギットに片目を瞑《つぶ》ってみせる。

「このことは我々だけの秘密に。国民の皆さんに知られると大混乱になってしまいますから」

はい、とビルギットは答えたきり、呆《ほう》けたようになってしまった。無理もない。

リディアは驚きよりも、安堵で胸がいっぱいだった。

「エルヴィンド様は……千五百年間、ひとりぼっちだったわけじゃなかったんですね。どんなに人々と出会いと別れを繰り返しても、傍にはノアさんがいてくださっていた」

愛《いと》しい人が、抜け出すことの叶わない孤独の迷路にたった一人きりで囚《とら》われていたと考えるのは辛《つら》い。

けれどそこに、寄り添える人が一人でもいてくれたら。

あの屋根裏部屋で、リディアの傍にアイノたちがいてくれたように。屋敷の裏庭で、ビルギットがいてくれたように。

そうしてその人たちに支えられながら、何とか時間の海を必死に泳いで、泳いで、そして辿《たど》り着いた先に——たった一人の愛しい相手を見つけることができたのだ。

「——お手を、私の花嫁」

エルヴィンドがリディアの手を取る。

胸に満ちる喜びに浸りながら、リディアは思う。

この世のすべての美しいと感じるものは、エルヴィンドなのだ。

朝の陽光の煌《きら》めきや暖かさも。

雨に揺れる池の水面も、雨上がりの虹《にじ》も。

紅茶の芳しい香りも、星明かりも、モスリンのウェディングドレスも——リディアが美しいと思うものすべてが。

屋根裏部屋の窓のように閉ざされていたリディアの世界は、あの夜、思いもよらない一陣の風のような運命によって開かれた。

その風は一輪の花を乗せ、——開け放たれた窓から美しい世界を眼下に、未来へ向け、吹き抜けていく。

本書は書き下ろしです。
この作品はフィクションであり、実在の人物、団体等とは一切関係ありません。

聖獣《せいじゅう》の花嫁《はなよめ》
捧《ささ》げられた乙女《おとめ》は優《やさ》しき獅子《しし》に愛《あい》される

沙川《すなかわ》りさ

令和6年 3月25日　初版発行
令和6年 4月10日　再版発行

発行者●山下直久

発行●株式会社KADOKAWA
〒102-8177　東京都千代田区富士見2-13-3
電話　0570-002-301（ナビダイヤル）

角川文庫 24093

印刷所●株式会社KADOKAWA
製本所●株式会社KADOKAWA

表紙画●和田三造

●お問い合わせ
https://www.kadokawa.co.jp/（「お問い合わせ」へお進みください）
※内容によっては、お答えできない場合があります。
※サポートは日本国内のみとさせていただきます。
※Japanese text only

ISBN 978-4-04-114539-5　C0193

◆◇◇

角川文庫発刊に際して

角川源義

第二次世界大戦の敗北は、軍事力の敗北であった以上に、私たちの若い文化力の敗退であった。私たちの文化が戦争に対して如何に無力であり、単なるあだ花に過ぎなかったかを、私たちは身を以て体験し痛感した。西洋近代文化の摂取にとって、明治以後八十年の歳月は決して短かすぎたとは言えない。にもかかわらず、近代文化の伝統を確立し、自由な批判と柔軟な良識に富む文化層として自らを形成することに私たちは失敗して来た。そしてこれは、各層への文化の普及滲透を任務とする出版人の責任でもあった。

一九四五年以来、私たちは再び振出しに戻り、第一歩から踏み出すことを余儀なくされた。これは大きな不幸ではあるが、反面、これまでの混沌・未熟・歪曲の中にあった我が国の文化に秩序と確たる基礎を齎らすためには絶好の機会でもある。角川書店は、このような祖国の文化的危機にあたり、微力をも顧みず再建の礎石たるべき抱負と決意とをもって出発したが、ここに創立以来の念願を果すべく角川文庫を発刊する。これまで刊行されたあらゆる全集叢書文庫類の長所と短所とを検討し、古今東西の不朽の典籍を、良心的編集のもとに、廉価に、そして書架にふさわしい美本として、多くのひとびとに提供しようとする。しかし私たちは徒らに百科全書的な知識のジレッタントを作ることを目的とせず、あくまで祖国の文化に秩序と再建への道を示し、この文庫を角川書店の栄ある事業として、今後永久に継続発展せしめ、学芸と教養との殿堂として大成せんことを期したい。多くの読書子の愛情ある忠言と支持とによって、この希望と抱負とを完遂せしめられんことを願う。

一九四九年五月三日

贄《にえ》の花嫁

優しい契約結婚

沙川《すなかわ》りさ

大正ロマンあふれる幸せ結婚物語。

私は今日、顔も知らぬ方へ嫁ぐ——。雨月智世《うづきともよ》、20歳。婚約者の玄永宵江《はるながしょうえ》に結納をすっぽかされ、そのまま婚礼の日を迎えた。しかし彼は、黒曜石のような瞳に喜びを湛えて言った。「嫁に来てくれて、嬉しい」意外な言葉に戸惑いつつ新婚生活が始まるが、宵江は多忙で、所属する警察部隊には何やら秘密もある様子。帝都で横行する辻斬り相手に苦闘する彼に、智世は力になりたいと悩むが……。優しい旦那様と新米花嫁の幸せな恋物語。

角川文庫のキャラクター文芸

ISBN 978-4-04-111873-3

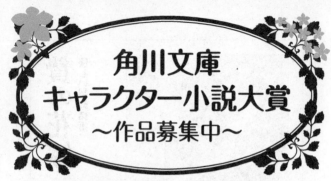